有喜

钟二毛 著

上海文艺出版社

你正在寻找的东西也在寻找你。

(*What you seek is seeking you.*)

——［古波斯］莫拉维·贾拉鲁丁·鲁米

（Molana Jalaluddin Rumi）

目录

第一章：孙安好的"房事" | 001

第二章："宫内好运"四人行 | 049

第三章：试管婴儿初体验 | 091

第四章："宫内好运"第二次密谈 | 098

第五章：钱其内的"丁克"弟弟 | 117

第六章：再战试管婴儿 | 134

第七章：夜访"地下代孕"和"供卵黑市" | 155

第八章：第三次试管婴儿 | 185

第九章：产妇跳楼 | 239

第十章：赵一宫"出现"了：四个失独老人索要冷冻

胚胎 | 262

第十一章：生活总是爱开玩笑 | 287

第一章 孙安好的"房事"

"师傅,咱出发吧,西天'取精'去!"

打着火,车子启动,安全带系好。孙安好眉毛一挑,冲着副驾上的老婆大人——尤曦来了一句。

"毛病!"尤曦白了他一眼,"你好像挺开心。"

孙安好确实挺开心。

理由有二。

第一,终于告别取精之尴尬。忆往事,不堪回首。

第二,终于走到做试管婴儿这一步了。心,安了。

第一点的尴尬,怎么个尴尬呢?

那是一个月前的事了。

那天早上,好不容易轮到叫自己的号,孙安好一阵小跑,跑到走廊最里头的十二诊室。推开小门,小圆塑料凳上一坐,呼吸还没调匀,医生开口了:"说吧,啥问题?"

医生看上去跟自己一般大,估计还小一两岁,三十出头的样子。带着厚厚的近视眼镜,嘴唇却很薄,薄如刀片。孙安好脑海里迅速飞过一闪念:这嘴唇,难道是天天说话说多了说薄的?

"是这样……"孙安好正要说重点,诊室的门"吱"的一声开了,一个脑袋探进来,皱着眉头,眼里放光,鬼鬼祟祟。看到有人,脑袋又缩回去,"吱"的一声,门关上了。

孙安好犹豫了几秒钟,还是站了起来。他想把门反锁了。可到了门边,右手一扭,感觉不对劲:锁头没按钮,反锁不了。

"早就坏了。"医生飞出一句话。

"哦。"孙安好重新坐下,"我看外头太吵了,怕影响你。"

"你继续说。怎么了?"

"老婆一直怀不上,想来查查问题出在哪里。"孙安好说重点,同时迅速补充了一句,"我们各方面都挺好的,也没感觉有什么毛病。"

"有几年了?"

"你说哪方面有几年了？"

"想怀孕怀不上，有几年了？"

"三年多了。"

"老婆有没有做过检查？"

"做过。医生说一切正常。"

"你做过吗？"

"没有。我感觉自己挺正常的，每天健身，一万步以上，朋友圈里我一直排前三，那方面也挺正常的，跟二十几岁的时候区别不大，就是有时候一旦目的性太强，质量就有点下降，这也是正常反应吧？"

"行了。"医生从打印机里拽出一张单子，"去，缴费，做个检查先。"

"精液常规检查"六个字，首先映入眼帘。

"还有这个，注意事项。"医生又给孙安好半张A4纸大小的单子。

接过来一看，是"精液检查须知"。

须知啥呢？第一，取材时间（务必严格遵守）：同房后或者排精后（包括遗精）三至七天之内，不少于三天，不多于七天。第二，送检时间：周一至周五上午八点到十点半，其他时间不接受送检。

之外的内容是如何领取报告，时间、地点、咨询电话、官方微信、二维码等等。

孙安好心里感叹了一句：呀，这就是传说中的"取精"！

"时间紧，十点半就不送检了，别耽误了。"医生提醒道，估计也是催他赶紧离开。门口已经听到叫新的号进来十二诊室了。

孙安好出了诊室的门，拿着单子去缴费。就在走向排队队伍的时候，他突然发现自己忘了一个重要问题：到哪里取精？取精室在哪里？

"检查须知"没写，那个医生也没说呀！

缴费队伍不长，马上轮到了。孙安好只好先缴了费再说。费用入的是医保，孙安好没心思去记，扫了一眼红色发票联，大概是百十来块钱。

孙安好再一次朝着走廊最里边的十二诊室一阵小跑。门是关着的。里面应该有人，那就等等吧。走廊里两边挂着石英钟，秒针滴答滴答走得格外响亮，时间已经是十点过五分了。

孙安好耐着性子，把在门口继续等。可是里面的人始终不出来啊，这等待，直挠人心，急啊。孙安好在心里数数：一、二、三、四、五……三十一、三十二、三十三！不行，孙安好扭着锁头、推开了门、探进了头。孙安好皱着眉头，眼里放光，定焦在小小诊室里的那张小小办公桌上。嘴唇越来越薄的医生和一个面孔模糊的男子，同时望向孙安好。

没等医生说话，孙安好语调低沉地说："你好，医生，那个取精室在哪里？"

"厕所。"

"哦。"

"杯子在护士台拿。"医生补了一句。

"哦。"孙安好头缩出来，轻轻把门带上，瞬间大脑像灌了胶水，傻掉了：厕所？取精？

孙安好走出诊室走廊，到了护士台。

"精液检查是吧？我看看你的单。"一个小护士——是真的看起来年纪很小的护士，哦，满脸肆无忌惮的青春痘——拿过孙安好的检查单看了一下，然后从抽屉里拿出一个乳白色塑料小杯子，用宝蓝色油彩笔在杯子外壁上写下"孙安好"三个字，递过来，"去吧，时间不多了。"

厕所啊厕所。孙安好把五楼的厕所全部转完了，都自觉退出。为何？人满为患！每个门里都有人。有人在里面"嗯嗯啊啊"地正经"工作"；有人在里面悠哉悠哉地听着流行歌，也不知道把手机音量调小点儿；有人在里面"腾云驾雾"，把厕所当吸烟室了；有人进去了半天却寂静无声，孙安好心想：难不成这人跟自己同是'天涯沦落取精人'？

孙安好想可能别的楼层会好点，于是赶紧捏着小杯子、"噔噔噔"下到了三楼。三楼是妇科、产科。嘿，一样的，男厕所也是"座无虚席"。见鬼了！孙安好上到四楼，外甥打灯笼——照旧。时间已经十点十五了，耐心等待吧，别转悠了。孙安好安慰自己。

谢天谢地，终于听到有人在冲水，"轰"的一声。厕所门打开，孙安好闪入。

"冷静下来，完成医生、护士交给的任务。"孙安好把门反锁好，深呼吸，让自己镇静下来。哦，再一个谢天谢地，这次门锁没坏，一根生锈的插销，把门闩得紧紧的。

孙安好确定自己静下来之后，开始集中注意力冥想，冥想一切令人想入非非的画面。

一排一排的大长腿、丰乳肥臀在孙安好脑海里扑腾，恨不得就要起海啸了！海浪"哗哗"地响啊响。但是，没用！为什么？外头太吵了！

有人在猛打电话，东北话，嘎嘎的："媳妇儿，我跟你保证，这次我病治好后，我那什么，我再也不会打人了，不会打你了，我是说真的，绝对发自肺腑的，从今往后咱一起把日子过得好好的、美美的，行不，你说，媳妇儿？"

一病人还打老婆，什么事啊？闹心！孙安好败下阵来。

看看时间，已经十点二十了，距离送检截止时间还有十分钟。外面打电话的人消停了、安静了，取而代之的是烟雾弥漫。至少两个以上的烟鬼在吞云吐雾。

革命尚未成功，同志仍需努力。孙安好决心利用这难得的片刻安宁，再作一次努力。

孙安好把肩上的包取了下来，挂在门上。瞬间感觉人轻松了许多。孙安好为这种感觉暗自欢喜。来，深呼吸。再次进入冥想状态。大约半分钟后，睁开眼，摸出包里的手机。孙安好忘了一个大招：性感美女图片。

输入"性感美女"四个字，一堆的惊喜。孙安好浏览着浏览着，眼神迷离起来，再加上之前积累的、尚未散尽的意淫和念想，身体有了感觉。孙安好右手准备行使神圣职责的同时，左手捏着的小杯子也紧张了起来，随时准备迎接大功告成的重要时刻的到来。

就在这时，门外面突然大声嚷嚷起来：

"跌停了、跌停了，我去，真的跌停了！"

"开盘一小时不到，大盘跌三个多点，深市、沪市三百多个股票跌停。"

第一章：孙安好的"房事"　　007

"股灾啊！"

"黑色星期一！"

声音大得要命！

想到自己深深被套的股票，不知是否跌停，孙安好脑电波瞬间短路，生生从美艳世界切回乌烟瘴气的厕所间。

孙安好再次败下阵来，手机时间宣布这一天的送检机会已经丧失。

用力拔开插销，孙安好准备冲出去朝大声嚷嚷股票的人骂上一万个娘。可门一拉开，孙安好选择了闭嘴。两个聊股票的人都坐在轮椅上，他们大腿以下的部分，空空如也，剩两只裤管迎风飘扬。

孙安好回头把挂在门上的包取了，默默走出了厕所，上楼回到了门诊诊室。

小护士挂着职业的微笑，不知疲倦地回答着患者或陪护家属的问题。孙安好把塑料小杯子从左手移到右手，右手手掌一抓、手腕一勾，小杯子藏在手心里。小护士似乎没有认出孙安好来，一边回答患者问题，一边翻弄着眼前的资料。孙安好放慢步伐走到十二诊室。门开着，里面居然没有人，除了医生。

"没弄出来？"医生几乎就是瞟了孙安好一眼，两片嘴唇一动，立马问出这么一句话。他的视线完全没有往孙安好右手手心里瞅呀。他没看到塑料小杯子，怎么知道孙安好任务失败了？真是神人！

"环境实在太差了。"孙安好把"太"字做了十二分的强调，"我一个大学老师，实在……实在弄不出来。"

孙安好意识到自己像个犯了错误的小学生，感觉不对。这责任不在患者，在医院啊，医院就医环境太差，真对不起纳税人的钱！想到这，孙安好提起声调问："还有别的办法吗？这样的硬件设施，根本不像三甲医院！"

孙安好这么一说完，有了一点翻身做主人的感觉，轻松了许多。对呀，患者也是消费者，消费者就是上帝。再说了，医院也是服务机构，"为人民服务"五个大字还刻在一块大石头上，立在医院正门口呢。

"你说得对。确实应该要有专门的取精室。之前是有的。但是这几年看不孕不育的人多了，门诊这个楼的取精室就取消了，改成了诊室，我这个十二诊室，还有十、十一诊室都是以前取精室改的。"不知道是看到孙安好的气势来了，还是没有人进来看病的原因，医生的语速变慢了。语速一慢，感觉人也和蔼了，有了生气。两片嘴唇也没那么薄那么锋利了。

第一章：孙安好的"房事"　　009

孙安好这才注意到，医生姓丛，名何来。

"难道这么大一个医院，就没有一间专门的取精室？"孙安好追问。

"有啊，有四间呢。"医生说，"不过都在生殖中心那栋楼。"

"你这不就是生殖中心吗？"

"我这只是门诊，不孕不育的咨询、检测、诊断在门诊，如果确定需要人工辅助受孕，比如试管婴儿，那就得到生殖中心去了。"

"哦，这么个逻辑关系。"

门口有脚步声。有人要进来看病了。

"这样，如果取精实在有困难，也可以自行在家或者附近取，但是取完后必须三十分钟内送到护士站，越早越好，否则检查出来的结果会不准确。好吧？"丛何来医生看了一眼门口站着的人，挥了挥手，"进来。"

"这太好了。"本来孙安好还想说一句"这很人性化"，但觉得有点多余。孙安好起身，勾着的右手腕放松下来，抬手把捂着的塑料小杯子放进了包里，起身，退出。

此时已经十一点了，孙安好一大早出的门，不料一上路就遇到大堵车，路上堵了半天，后面到了医院光找停车位就花了半个多小时，转啊转转到一个角落发现了一个特别难停的位置，好在孙安好倒车技术不错，最后一点一点塞了进去。塞进去发现车门只能打开一条缝，自己怎么挤都没法挤出去，只好爬过副驾驶室开门出去，弄得一头的汗。早餐也没吃，连瓶水都没买，赶紧跑到门诊大厅排长队挂号。社保卡递进窗口，要挂专家号。窗口里的工作人员把社保卡甩了出来："专家号大部分都是预约的，现场挂的早没了。"只好挂普通号，普通号轮到孙安好也快完了。拿到号之后，上五楼，见丛何来医生，然后拿着个塑料小杯子到厕所里一阵忙乱而不成。这一折腾，近四个小时。走出医院，白花花的阳光一照，孙安好感觉自己血糖快要降低到零、要晕过去了。

厕所取精的不堪，并非忆苦思甜。压根就没有甜。因为，随后的"自行取精"也是苦涩的。

话说时间来到了周一。孙安好特地跟系里老师调换了课，专门留出一个上午的时间完成未完成的任务。

自行取精，在哪里自行取精呢？家里，当然最好，尤曦上班去了，做清洁的钟点工阿姨还没来，又不养猫又不养狗，我的地盘我做主。各种流鼻血的图片，放在大电脑上，绝对高清，想怎么看怎么看，想看多少看多少。哦，还可以下载一些小电影。尽管自己从来没有下载过，但搜一搜，总还是有的。男人是视觉动物，这事不会太难。但是这个计划显然不行，因为丛何来医生告诫过：半个小时内必须送到。从家到医院，开车，不堵车，十五分钟到，然后停车、坐直升电梯、直取五楼、"货物"送达，半个小时是绰绰有余的。然而，这是理论上的，实践中做不到。会不堵车吗？什么时候不堵车过？停车容易吗？医院停车什么时候容易过？坐电梯容易吗？医院电梯想进就进只能等下午六点下班之后。

不能在家，只能在医院附近的宾馆了。而且是越近越好，出了宾馆，一拐弯就是医院最好。

孙安好上网搜酒店。嘿，这一搜才发现，"公立大医院"这块磁铁，带动了多少产业啊。医院附近的小吃店永远是爆满，医院附近的租房永远是爆满，而且租金在平均行情上多出个百分之十五到三十左右。那是专门租给长期在医院看病、住院的患者和陪护家属的。医院附近的酒店也是人满为患，尤其是经济型酒店，全是客满。孙安好转而预订星级酒店的钟点房。星级酒店的钟点房也是客满，能订的只有一整天的房间，打完折，要五六百块钱。

孙安好打电话过去，想跟前台商量下，能否破例开一间钟点房，不用四个小时，一个小时就可以了。但想了想，万一前台服务员问:"先生,你只订一个小时,干嘛呀?"这怎么回答?休息?等人?都不好回答。算了,算了。孙安好一咬牙,订了一间,付了全款。"这可是史上性价比、利用率最低的一次住宿呀。"孙安好自嘲了一句,然后查了下电子地图:酒店到医院,步行,七分钟,这还包括等一次红绿灯的时间。

孙安好九点整到了酒店。酒店刚刚收拾好的第一个房间给了孙安好。进了酒店,清香扑面,四面整洁,一尘不染。拉开窗帘,晨光洒进来,绣着花鸟的地毯温情而有诗意。一切都感觉很好,孙安好把窗帘拉回原位。室内只剩鹅黄色的壁灯。打开门,挂上"请勿打扰"的门牌,再关上,并把门反锁好。耳朵贴在门上,听不到门外一丁点声响。一切都很安静,安静得只等大事发生。

孙安好在门口的穿衣镜里看了看自己,很复杂地笑了一下。他想在镜子前扮个鬼脸,但发现自己根本没有表演的天分,连自己都看不下去,只好作罢。

回到床边,把手机关机。先取出塑料小杯子,放一边。再取出 iPad 平板电脑,按亮。输入开机密码,熟练地找到一个文件夹。那个文件夹的名字叫"喜羊羊"。写这个名字的时候,孙安好想到一个场景:未来,孩子出生了,肯定也会跟别的孩子一样,爱看动画片《喜羊羊与灰太狼》。

"喜羊羊"里是周末下载的一溜性感美女,都是孙安好喜欢的类型。

既然是带着任务来的,孙安好划拉着屏幕,沉浸在琳琅满目的情色诱惑中。孙安好在浮想联翩中构筑了一个黑暗城堡,艳后点着蜡烛,款款走来。温热的烛火中,男女耳鬓厮磨、手足纠缠、翻云覆雨、策马奔腾。

熟悉的一阵激流终于到来。孙安好迅速拿过小杯子。乳白色的塑料小杯子这回终于实现了它的使用价值,物尽其用了。

孙安好第一件事是把小杯子放进事先备好的保鲜袋里,打上结,搁到桌子上,免得打翻。接着,拉上裤子、蹬上鞋,快步走到洗手间,拧开水龙头,"哗哗"把手洗了。出来,开灯。轻轻拎起保鲜袋,手指掐到小杯子口子处。解除反锁,抽房卡,一个风一样的男子,夺门而出。

下电梯,出酒店,拐进通往医院的"康庄大道"。一切顺利。初春,南方,不到十点的阳光正舒服。好歹完成一桩大事的孙安好感觉走路带风、意气风发。

走到了一个十字路口,前面红灯。目光所及之处,已经有医院门诊大楼的身影。

一看手机,步行时间比预计的七分钟似乎要快,顶多只用了五分钟。孙安好耐心等着红灯。他感觉手里的小杯子挺热乎的,也不知道是外部阳光的作用,还是液体本身的温度,又或是自己的心理作用。孙安好更不知道的是,这玩意儿最后检测出来的结果是喜是忧。但这都是后话,孙安好考虑不了那么远的事。他要考虑的是:第一,赶紧把东西送到医院;第二,下午的《文艺理论》该跟学生讲些什么。

红灯好长,估计是设备出了问题。有一些人等不及了,居然快步冲了出去,走到中间再停下来,然后插空穿过。

终于绿灯了。孙安好赶紧随着人流往前走。嘿,这绿灯好快,在闪了,马上又要变红灯。大家赶紧加快步伐。

就在这时候,一辆自行车从孙安好身边擦过。骑自行车的人过去了,但是他的货箱没过去。这是一辆送外卖的自行车,车后座绑着一个大泡沫箱。泡沫箱把孙安好手里拎着的"货物"撞飞了!

孙安好眼睁睁地看着那个塑料小杯子滚啊滚,最后落在马路牙子上,"姿势"是倒扣!

欲哭无泪的孙安好,四处寻找肇事者。那辆黄色的自行车,早已"孤帆远影碧空尽,唯见人潮天际流"。

啊！前功，尽弃！

无奈，孙安好只好又等了几天。等到周五，再订了一个酒店，这个酒店跟医院一墙之隔，不用过马路，更没有该死的红绿灯。当然，价格比之前的，贵了两百块。

事终于没有过三。第三次，孙安好安全、顺利、平稳地完成了任务。

当塑料小杯子交给小护士时，孙安好长长舒了一口气。孙安好目送小护士把小杯子端进一个小房子。那个小房子应该就是检测实验室吧。

"下午两点过来拿结果吧。"小护士笑着说。她脸上的苹果肌因挤压而稍稍隆起，看起来圆润有光。

周五下午没课，孙安好也懒得回家。来来回回折腾把时间精力浪费在开车、堵车、停车、找停车位中，不如找个地方晃荡晃荡，把中午这段时光给消磨过去。去哪里呢？作为一个大学老师，自然是书城，何况他还是一个中文系老师。

周五的书城，人很少。大厅中央正在展出作家张承志、张贤亮的作品全集。张承志是孙安好喜欢的作家，尤其是他的《黑骏马》。每次跟学生聊起小说《黑骏马》，孙安好会扯到九十年代电影《黑骏马》。电影《黑骏马》的导演是谢飞，主演是谁呢？歌手腾格尔。《黑骏马》在国外获过奖，在国内热映，但是腾格尔并没有在演员的道路上一炮而红。演完电影后，他还是一个歌手，甚至很多人都不记得他还演过如此牛气的电影。命运这个东西就是这样，有就有，没有就没有，没有，机会就是装到你口袋，它还是会蒸发掉，变成没有；但是，即使没有，人也要努力，因为你不努力、不试试，你怎么知道自己有没有。孙安好会借机跟学生灌点心灵鸡汤。

有时候，孙安好也会把这段感慨说给尤曦听，其背后的指向是生孩子这件事。但孙安好说的时候，不会说"但是"后面那截话。

有就有，没有就没有，忧心忡忡没用。尤曦听进去了吗？听不进去的。听进去，她就不叫尤曦了。

孙安好不愿任何事都扯到生孩子上。这太累人、累心了，而且已经累了几年了。

扫了一眼陈列的图书，孙安好拿了一本名字叫《一亿六》的书。拿起，又放下，最后又拿起，翻翻。它是张贤亮生前最后一部长篇小说，出版于二〇〇九年，讲了一个荒唐的"借种生子"故事。为什么叫"一亿六"？因为小说虚构了一个精壮男子，这个男子有一亿六千万个精子，世界第一。

孙安好随手翻到一页，这页有一大段，讲的就是男人的精子：

麦学者在二十一个国家里调查了一万五千名男性的精液，其精子数量只有五十年前的一半。一九四〇年，成年男性每一毫升精液平均含有一亿三千万精子，到了一九九〇年，平均每人只剩下六千六百万个了，而且每年还以百分之二点一的速度递减。按生理要求，每一毫升精液里要含有四千万到一亿个精子才算正常，如果少于两千万个精子，就难以生儿育女。目前，全世界的男性精液中含精子数量能达到四千万个已经算很健康了。这使得很多夫妇怀孕不再是件轻而易举的事情，西方发达国家有百分之二十的家庭苦于没有孩子，中国每八对夫妇中就有一对不孕不育。

想到自己马上就要取到精液化验报告，孙安好自觉晦气，便扔了书，从侧门出了，一拐，进了一家日式连锁快餐店，选了个靠角落的软包座位，要了个套餐，算是解决了中午吃饭问题。吃完后，靠着椅背，打了个盹。小睡之后，打车去了医院，时间正好两点。

上午检查的报告单早就出来了，放在护士站的桌面上，一大摞，足有三四十张。嘀，这么多人检测这玩意？孙安好顺而想到多少同胞们在厕所里受苦受累的场景，那真不是一个好滋味。每个人都在翻找自己的报告单。孙安好第一直觉是，这太不保护隐私了，怎么能公开放到桌面上呢。然而，等自己去取的时候，会发现，其实没有谁会刻意偷看别人的化验结果，都是第一时间找自己的，找到后转到一个角落查看，或皱眉，或叹气，或紧张，或疑惑，或会心一笑，或沉默不语。

孙安好属于"或叹气"。

叹气啥？出问题了？

NO！反而是一切正常。

外观、精液量、液化时间、黏稠度、精子活率、精子活力、数量、畸形率、白细胞、红细胞、卵磷脂小体，全在参考值范围内。

那为何还叹气？

孙安好叹的是，命运捉弄人。

尤曦的检查也是一切正常。为什么夫妻两人都是一切正常，精子和卵子就是碰不上呢？

几年了！

为什么？

这是一个谜。

这个谜谁来解？

命？还是运？还是命运？

孙安好很快打住了自己的哀叹。这不是他的风格。接下来，是该跟尤曦谈一次了。明天正好周六。

按理，周六是尤曦最忙的时候。

她是个海归创业狗，干的是英语教育培训。

八年前，尤曦从英国回国，一次语言教育论坛上，她和孙安好相识。那时候，孙安好汉语教育博士刚毕业，也刚拿到大学留校任教的劳动合同，主要在留学生院教老外中文，同时兼教中文系本科的《文艺理论》。当时，尤曦二十九岁，孙安好三十岁，都是同龄人，且门当户对、旗鼓相当，一个输出英语，一个输出汉语。两人当场一见钟情、相见恨晚。半载之后，水到渠成，欣然注册领证、结为夫妻。

婚后，两人事业蓬勃发展。孙安好发论文、拿课题，讲师很快升到副教授。尤曦一眼看中蓬勃兴起的中产阶层和这个阶层最焦虑的孩子教育，立即跟另外两个合伙人成立公司，做起了少儿英语培训。尤曦任副总经理，负责核心业务。因为在英国待过多年，尤曦引进的是英国最纯正的贵族学校的语言学习教材和教学方法，并且和英国多家老牌教育机构合作，不少外教都是英国老师。这让尤曦的公司一下子脱颖而出，迎来多轮投资。到了第三年，公司的培训业务已经渗透到了珠三角和长三角以及更多的二三线城市。

少儿教育培训，自然周末最忙。尽管公司经营已经稳定下来，尤曦却已经养成习惯，周末一定要去各个场馆转转、看看，或巡察慰问，或微服私访。

情况改变是在两年前，因为怀孕的问题。

婚后第四年，也就是尤曦公司获得多轮投资、经营已经稳定的那年，尤曦决定该把心思放到家庭上了，具体一点就是想要个宝宝了。

孙安好记得很清楚，那天晚上是四月一号愚人节。这一天，网络上都会纪念一个人：二〇〇三年四月一日跳楼自杀的香港明星张国荣。尤曦是张国荣的超级粉丝，每年四月一日，她都会拉着孙安好去一家怀旧酒吧听歌。那天晚上，小台子上的驻场歌手全程只唱张国荣。但是，奇怪，那年四月一日晚上，尤曦没有去怀旧酒吧，而是大动干戈地在厨房里大战一番：破天荒煎了两块大牛排！

红酒、牛排、生蚝、沙拉，还有莹莹烛光。

音响里放的是日本歌手小野丽莎。

尤曦穿的是一件玲珑薄纱，其摇曳生姿、婀娜多情，跟高脚杯里的葡萄佳酿有得一拼。

一个忙得屁股冒烟、恨不得一分钟掰开当两分钟使的职场精英,突然如此闲情逸致。孙安好觉得好不正常。但美味在前,孙安好也没多想。

酒足饭饱之后是精神享受。关掉小野丽莎,尤曦打开大电视,然后连上她的笔记本电脑。不一会,电视上放起了电影。这个电影真够老,九十年代的美国电影《本能》,迈克尔·道格拉斯和莎朗·斯通演的。虽然说九十年代那会,孙安好还是小屁孩儿,但作为一个文科生、一个曾经的文艺青年,谁又没看过《本能》呢?莎朗·斯通在审讯室里不经意交叉架起的诱人双腿,不仅控制了片中警察,还控制住了全世界的男人——这可是多少人的性启蒙片!

尤曦故意装成傻白甜,问东问西,上半身依偎在孙安好身上,两条腿蜷缩在沙发上,看到激情戏动来动去,就差娇喘了。

这回,孙安好是看出了道道。折腾了半天,原来是创业精英早有预谋。可这戏演得也太费成本了。

孙安好倒也渴望来一场鱼水之欢。于是,顺着尤曦的意思,双双早早洗漱上床。

前戏太足,接下来就是行云流水、势如破竹。

跟之前一样，关键时刻，孙安好会伸手摸到床头柜，熟练拉开，手指往里一爬、一捏，就会出来一个避孕套。中间时间不超过十秒。但奇怪了，这次摸了半天，空空如也。

"还套啥套！被我扔了。"尤曦把孙安好扳过身，没等孙安好反应过来，她的嘴贴上来了，说了一句，"难道你不想要个宝宝？"

恍然大悟！

"想、想、想。"孙安好把隐藏心中许久的肺腑之言吐了出来，"我太想了。"

"那你从来没有说过。"

"你创业那么忙，你能早点回来睡觉就不错了，我哪还敢说要孩子。"

"现在条件好了。公司每年盈利这么多，我的工作也有了得力助手分担，基本可以准点上下班了；你又是副教授了，房子、车子啥的，都有了，万事俱备，只欠一娃。"

"嗯，确实是时候了，你都三十三了，再不生就是高龄产妇了。"

"今天开始，我们正式进入备孕阶段。"

"行。开始造人吧。"

那个晚上的兴致真的是史无前例地高啊，恨不得把《本能》里的激情戏都给重演了一遍，且不知疲倦。事后，两人横躺在床上，勾勒未来有娃的日子：如果是男孩，大名叫什么，小名什么，如果是女孩，大名叫什么，小名叫什么，小时候要不要多剃几次光头、要不要提前买个学区房，要不要出国留学，是高中出去，还是大学出去，未来希望他/她学什么特长、干什么职业，大事小事鸡毛蒜皮事，两人兴奋地聊到后半夜。

但两人忘了，那天晚上是货真价实、如假包换的愚人节之夜啊。

果然，半个月之后，晚上正准备睡觉，只听尤曦突然小声"啊"了一声，然后匆忙从客厅沙发上起身，跑进卧室里，半天没见出来。

孙安好心中一个闪念：难道是有喜了？

"怎么了，尤曦？"

尤曦拉开门，手扯了下睡裤，抬头。

哟，一脸失落的样子。

"来那个了。"

"哦。"孙安好停顿了一会，又加了一句："革命尚未成功，同志仍需努力。"

尤曦揉着头发，回到沙发上，盘着腿，喊了一声："把你书房的小日历拿给我。"

"要日历干吗？"孙安好转身进了书房，把电脑边上的一本撕页日历扔给了尤曦。

"你过来。"尤曦说。

孙安好坐在尤曦旁边。只见尤曦把日历翻得哗哗响："下月个来例假，如果准的话，应该是十五号。那么，'危险期'应该是……你网上搜一下，'危险期'怎么算的？"

孙安好一边打开手机，一边喃喃道："需要那么刻意吗，从今往后不避孕了，迟早的事。"

"要成功，就得刻意。"尤曦抬头、正脸，严肃地说，"没有人能随随便便成功。"

"那么多夫妻不都是自然而然就怀孕了？"

"你看到的是自然而然，人家下了多少工夫会告诉你吗？"

"打住！你这是跟员工上早课。"说完，孙安好端起手机，把查到的"危险期"一字一句读了出来："'危险期'，是指在月经周期内，卵子遇上精子能成为受精卵而受孕的时间间隔。反之就成为'安全期'了。由于卵子排出后的两三天内都可能受精，精子排出后可存活三四天，期间都可以进入卵子，因此若以排卵日，括号，一般是月经前十四天，括号完，为基数，其前四天和后五天都是'危险期'，其余就是'安全期'了。"

"前四后五?"

"对,月经前十四天的前四后五。"

"好,来,倒推。"

尤曦聚精会神地翻着日历,把"危险期"一一标记上。

"行了,月底和下月初,九天时间,努力播种。"

"九天?天天播种?"

"那肯定了。"

"别的时间呢?"

"休养。"

"尤总,这太不人道了吧?"

"孙教授,现在不是讲人道的时候?"

"那现在讲什么?"

"现在讲科学。"

"怀孕也要讲科学?"

"当然。"

"人类很多事物,科学也解释不清楚。"

"但是,科学至少可以保证少犯错误,提高人类工作效率。"

"你是现实主义。"

"你是浪漫主义。"

"浪漫主义"最终还是屈服于"现实主义"。

为了防止孙安好在"安全期"里有"非分之想",尤曦做足功课,可谓用心良苦。

"我先睡了。"每天晚上,尤曦都会早早上床,然后房门一关。有时候,尤曦累了,是真睡,呼呼进入梦乡。有时候则躺着床上,在手机上处理工作,或者安排公司事情。这时,只要一听到外面有孙安好穿着拖鞋"噼噼啪啪"走动的声音,尤曦就立即按灭手机。如果门有即将被推开的嫌疑,尤曦则一个转身,背对房门,呼吸均匀,身体微微起伏,一副酣睡的样子。

孙安好有时候会过来给尤曦扯一下被单,然后自己窸窸窣窣摸上床。憋了几天,孙安好忍不住贴身过去抱住尤曦,手不老实地抓揉着。尤曦其实是醒着,但坚决装睡下去,翻个身,腿一伸,手一搭,嘴里还会嘟囔几下。孙安好自觉没趣,不好继续作妖,只好在心里幽怨一下,然后自己老实睡去。

女人的心真是细腻。尤曦发现孙安好似乎也想跟上尤曦的节奏,一起上床睡觉。"我先睡了啊。"尤曦照例扔进书房一句话。

孙安好接到这句话，也扔出一句话："行，曦曦，我今天也要早点睡觉。马上。"

好温柔，好甜蜜。

这是十足的大暗示啊。

兵来将挡，水来土掩。尤曦自有招数。

果然，不到十分钟，孙安好就裹着睡衣进了卧室。

没等孙安好上床，尤曦挥挥手："我肚子好痛，是不是胃病犯了，你给我倒杯温水，快！"

孙安好倒水去了。

"你什么时候得过胃病？没听你说过。"孙安好把水递上。

"没跟你说而已。做企业的，有几个人胃是好的？日子过得跟打仗似的。有时候接待客户一吃吃好几千块钱，全是山珍海味，有时候忙起来一抬头发现午餐晚餐都没吃，点的外卖都凉了。你以为个个都像你们大学教授，日子过得慢条斯理的。"尤曦不仅解释一堆，还倒打一耙。

尤曦喝完水，慢慢躺下，手压着肚子，表情有点痛苦。

孙安好问："要不要到楼下二十四小时药店买点药？"

"算了。明天再说。"黑暗中，尤曦回答，接着幽幽吐出一声长叹，"唉哟。"

苦肉计，得逞了。

终于到了为时九天的"危险期"。

第一天。那真是美好的节日,过年似的,敲锣打鼓,喜气洋洋。

尤曦完全换了个人,早早回到家,光着脚丫子在厨房里丁丁当当弄着饭菜,这里加一勺盐,那里添一点油。瓷白的盘子,端上桌来,那是简约而不简单的二人晚餐:孙安好喜欢吃的野山椒牛肉,野山椒绿绿,泛着光;生蚝煎蛋,圆圆的一盘,黄色的蛋,白色的蚝,你中有我,我中有你,不仅好看,还绝对的滋补;青菜是素炒小白菜,白嫩如玉十几条,整整齐齐摆在一起;自然少不了汤,汤是银耳莲子汤,哦,还加了枸杞,稠密的汤水散发出微甜的香。

"叮"的一声,两个高脚杯一碰,那是浅浅的红酒。孙安好觉得尤曦瞬间从"现实主义"转换成了"浪漫主义"。

这日子,天天要这么过,那该多惬意。孙安好心想,但嘴上谈的是一些不痛不痒的社会新闻:"听说教育部又要改革高考制度了,搞什么综合评价、多元录取。要我说,就是应该以考分取胜,只有这样,农村的平民子弟才有公平竞争的机会。"

尤曦模棱两可地回答着:"你这样,岂不是又回到应试教育的时代?不过你讲的也不是没有道理,这个改革要兼顾到平民子弟,尤其是农村孩子,不然公平问题还是个大问题。"

两人有一搭没一搭地闲扯着、吃着、喝着，半小时的饭硬是吃了近一个小时。孙安好洗碗，尤曦擦桌子，你耕田来我织布，比牛郎织女还其乐融融。

收拾好，自然要去散步。小区楼下全是呼啸奔跑的孩子，以及跟在后面追着、喊着、骂着的大人：

"慢点，慢点，小心摔着了！"

"不能打架，小朋友！"

"小朋友要学会分享哦，大家一起玩嘛。"

尤曦挽着孙安好的手，穿过孩子群。有的孩子还是婴儿，被爸爸妈妈或者老人或者保姆阿姨推着。小不点们长着胖乎乎的小手小胳膊，小腿儿还直蹬，嘴里咿咿呀呀的。尤曦有时会勾过头去，用眼神逗逗孩子，嘴里不由自主地说："真可爱。"

孙安好有时会问一句："几个月了？"

有的大人会如实回答："八个月零七天了。"

"哇，八个月长这么大。"尤曦惊讶。

有的大人会学着孩子的声调："叔叔阿姨，你猜猜我有多大了？"

尤曦就猜："一岁？"

对方摇头。

"一岁半？"尤曦往大里猜。

"有一岁半就好了。我们才十个月,十个月都还差几天呢。"

尤曦又是一声"哇"。

"现在孩子营养好,普遍都长得高、长得壮。等你们生了,一样的。"

"嗯,真好。拜拜,幸福的小宝贝。"尤曦重新挽起孙安好的手,沿着既定的路线走下去。

半个多小时的散步时光结束,回到家里。不约而同地,孙安好弄了一会电脑,尤曦也弄了一会电脑,都把一天要处理好的公事给弄妥当了。

接下来是私事了。

十点半一到,像八九十年代大学宿舍一样,是断电、熄灯、就寝的时刻。尤曦敲敲书房门:"我洗好了,你去洗吧,水温我给你调好了,睡衣给你挂在门后了。"

孙安好自然耽误不得,立马洗澡。何止是水温调好,衣服备好,连牙膏都挤好了。恋爱的时候,孙安好是给尤曦挤过牙膏的,不过那是早上。现在虽然一切都倒过来了,孙安好还是觉得很受用。那是幸福的感觉。

洗澡出来,首先迎来的是尤曦精神十足但又温柔有加的目光。

一盏乳黄色的小夜灯,让卧室变得朦胧和温馨。

尤曦穿着吊带白色睡裙,丝绸的,感觉她稍微一动,裙子就会滑落。

孙安好爬上床,闻到熟悉的香。那是混合了尤曦体香和某种香水的香。

对于一对结婚四年的夫妻,男三十四,女三十三,这样的组合,这样的背景,这样的夜晚,是不需要过多语言和提示的。鱼儿见水,轻轻一跃;水儿荡漾,波光粼粼。鱼水之欢,天地之作。

事毕,尤曦枕在孙安好臂膀上,不说话。孙安好看着天花板,他能断定,尤曦脸上的表情一定很宁静,同时很幸福,像个圣母。

尤曦不说话,孙安好也不说话。十几分钟后,孙安好动了动肩膀:"睡吧。"

尤曦"嗯"了一声,头回到了自己的枕头上,手抓着孙安好的手,安然入睡。

第二天。

故伎重演。公司高管脱下黑色制服,系上围裙,摇身一变,成了厨娘,锅碗瓢盆油盐酱醋叮叮当当一阵摆弄,瓷白色饭桌上摆上了三菜一汤。

菠菜煎豆腐:菠菜之上是豆腐,豆腐白中带焦黄,在绿叶的衬托下,精神头十足。

木耳虾皮蛋：乌黑发亮的木耳，像刚从地上冒出来。几片厚实、嫩黄的鸡蛋里，可以看到虾段混在里面，它们挨挨挤挤在木耳中间，倒把木耳凸显得派头十足。

冬瓜瘦肉汤：冬瓜是冬瓜，瘦肉是瘦肉，文火之中备受煎熬的它们，不仅没有烂掉，而且还十分有型。只是汤颜改。汤变成了乳白色，一股清香仿佛在锅底暗涌。

最后一道菜，有点奇怪，不知道叫什么。一眼看进去，有白色的鳕鱼、红色的胡萝卜、黄色的土豆片、绿色的菜椒、糊状的燕麦，闻起来还可以肯定里面有咖喱！

看到孙安好皱着眉头看第四道菜，尤曦围裙一解，说："看什么看，不会是毒药。坐下来，我告诉你。"

随后听尤曦一说，才知道这三菜一汤皆有出处：

"喏！黑木耳有很好的补血功效，虾皮含有丰富的蛋白质和矿物质，多吃能够补充全面营养；菠菜与豆腐不仅是一个很好的搭配，而且是孕期补钙健骨的绝配；冬瓜性微寒，味道甘淡，有清热利尿、解毒生津、润肺化痰、舒缓紧张的功效。最后一道菜，你看不懂的，名字叫'鳕鱼杂蔬煲'，鳕鱼含丰富蛋白质、维生素 A、维生素 D、钙、镁、硒等营养元素，营养丰富、肉味甘美。土豆含有丰富的维生素 B1、B2、B6 和泛酸等 B 群维生素及大量的优质纤维素，还含有微量元素、氨基酸、蛋白质、脂肪和优质淀粉等营养元素。"

尤曦像个国际注册认证的高级营销师。国际注册认证的高级营销师也未必能说得这么溜!

真是万事就怕"认真"二字啊。显然,尤曦为了怀孕,认了真,上了心。

吃完,照例是散步。散步的时候,孙安好喜欢谈一些社会问题,比如房价、医疗、大学教育之类的,谈着谈着难免会骂娘。尤曦果断制止了孙安好:"别谈这些沉重话题,影响心情。"

"那谈什么?"

"说点开心的事嘛。"

尤曦开始以身作则、身体力行,打开了她的话匣子。她讲的话题,果然很适合散步:童年往事、在英国留学的趣事、和孙安好恋爱时的糗事。

孙安好呵呵地听着,一些从未听过的事情和秘密,让他好奇。他希望尤曦一直讲下去,但尤曦果断打道回府:"欲知后事如何,且听下回分解。不能走得太累了。"

孙安好心里明白:"回到家,还有'正事'要办呐。"

那就办呗。

于是办了。

第三天。有点疲了。

依旧是别有用心的美食当前,依旧是温婉知性的娇妻相伴,依旧是轻松快乐的饭后漫步,依旧是使命召唤的战鼓声声。孙安好突然想到《左传》"曹刿论战"里的那句话:"一鼓作气,再而衰,三而竭。"什么意思?敲第一遍战鼓时,将士们都精神振作、求战心切;敲第二遍战鼓时,将士们的斗志开始衰减;等到敲第三遍时,将士们就无心战事了。

听到第三遍战鼓的孙安好,倒不是无心战事,而是心有余而力不足。三十四岁的年纪,比起中年喘息还有几年距离,但也早过了二十几岁毛头小伙子的冲撞时光。何况还站讲台上讲了一天的课。要知道,说话这玩意,耗的不是口舌,而是元气。

战鼓既起,没有理由后退。孙安好像头耕田老牛,在荒地里,使尽力气,拉直缰绳,一二三四、二二三四,往前拱着、冲着,最后轰然倒塌在尤曦的雪白大地上。

尤曦环抱着孙安好,手拍着背,像安慰一个受了委屈的孩子。

孙安好差点就在尤曦的拍打中睡着了。

孙安好起身关掉小夜灯的时候,看到尤曦正瞪大着眼睛望着天花板,毫无睡意的样子。

第四天。呜呼哀哉。

这一天，瓷白色饭桌不再是三菜一汤。

首先一人一碗粥。

"这是我的，莲子木耳粥，莲子和黑木耳都富含铁质和钙质，有助于强化骨骼和牙齿，黑木耳中的维生素D，能促进钙质的吸收。"尤曦背书似的娓娓道来，"这是你的，牡蛎粥，有新鲜牡蛎肉、香米、五花肉，还有蒜茸、香葱末、白胡椒粉，贝壳类海产品含有锌，可以提高你们男人的那个的活动能力。"

"哪个？"孙安好被尤曦说得有点晕。

"精子。"

还有一盘菜是泥鳅炖豆腐。尤曦也做了重点介绍："喏，泥鳅，做这个菜之前，已经静养了两天。泥鳅有补中益气、养肾生精功效。为什么呢？因为泥鳅体中含一种特殊蛋白质，这个蛋白质可以促进精子形成。"

看来这一切都是为了孙安好。

尤曦这服务工作，堪比国家领导人的保健医生。

这是鸿门宴！项庄舞剑，意在沛公；尤曦此举，意在床笫。

孙安好吃得心情复杂：一方面觉得尤曦煞费苦心，一方面又觉得无可奈何。

吃吧、吃吧，为了祖国的未来。

散步吧，散步吧，为了祖国的未来。

只是真的是力不从心了。牡蛎和泥鳅，锌和蛋白质，你们的威力何在？孙安好的心在呼唤。

"老公。"被窝里，尤曦抱着孙安好胳膊，"坚持一下，今天第四天，是'危险期'中的'危险期'，不能功亏一篑呀。"

孙安好像翻不了身的咸鱼，没出声。

"对了，明天你上午正好没有课，不用早起。"

孙安好还是没出声，但尤曦已经毛手毛脚地发起了"攻势"。

"会出人命的，这样。"孙安好勉强应付。

尤曦才不管，继续自己的战略战术。

"明天休息一天，不然数量和质量都跟不上来。"孙安好说。

"明天再说。"尤曦趁孙安好一动身，立即把孙安好身体扳了过来，两人面对面了。

孙安好这头耕田老牛，只好再次集中意念，奋力向前，最后满头大汗，仰天长啸。

啊，那是怎样的一种"鞠躬尽瘁，死而后已"！

第五天。举手投降。

一到家，入眼的是美食，扑鼻的是香味，但孙安好一身软塌。

"我现在只想睡觉。我不想听你讲解每道菜怎么怎么。"孙安好瘫在沙发上,"今晚你睡床,我睡沙发。"

"行了,吃了再睡。"尤曦解开围裙,坐下。

"吃了,分开睡。"孙安好一字一句地说。

"有毛病。赶紧,菜凉了,一会。"尤曦把围裙叠起来,扔向孙安好。围裙半路上散开,落在地上。

孙安好只好起来,把围裙捡起,坐下来吃晚餐。

"吃吧。"尤曦把筷子递给孙安好。

孙安好此时发现尤曦跟自己区别真的很大。她永远都是心平气和、做事有条不紊的样子。孙安好相信她也挺烦每天晚上的"造人计划",但从她的脸色上看不出任何情绪,哪怕是一点点。这是干大事的人,难怪公司做得这么顺利。

照例饭后散步,照例边散步边说闲事。尤曦怎么有那么多细微观察?芝麻点大的事情,她能讲一晚上,全是细节:今天,公司来了个什么人,那人穿什么衣服、留什么发型、脸上哪里有个痣,说话的时候是单手打手势还是双手一起来。

回到家后,孙安好打乱了以往的节奏:"今晚,我先洗澡。"

几分钟的时间,孙安好快速洗完澡、快速上了床。

躺着真舒服。孙安好长呼一口气。

也不是刻意要在尤曦上床之前先让自己睡着，但孙安好这一声惬意的长叹之后，没几分钟，就真睡着了。

后来进房的尤曦没有惊动孙安好，自己摸上床，看了一会手机，也静静睡去。

孙安好似乎真的累了，一个晚上，身子都没翻动一下。

第六天。再次应战。

一夜酣睡让孙安好恢复了一些元气，但肯定谈不上满血复活。晚餐的时候，孙安好进到厨房，帮尤曦打下手。从尤曦的后背看，她胖了一些，脖子比以前圆润多了。照这么静心地吃下去，等怀上了，尤曦该有多胖？孙安好心想，脸上露出一丝笑意——当然是幸福的笑意。

"得继续加油。"孙安好在心里说。

果然，那晚的"正事"办得还不错。

"'搞好劳逸结合，不仅不会降低而且有助于提高教学质量。'邓小平爷爷这段话讲得真好。"事后，孙安好调侃尤曦。

"托邓小平爷爷的福。"

"明天再劳逸结合一次，后天再战。"

"休想。"

第七天。强弩之末。

到了第七天才发现，第六天其实不是元气恢复，不过是回光返照、灵光乍现而已。因为第七天疲态明显。

再想想，九天"危险期"只剩最后两天了，那就硬着头皮上吧。有条件要上，没有条件创造条件也得上。

"尽力了。"事后，孙安好搂着尤曦说。

"嗯。"

"必须得劳逸结合了。"

"看看情况再说吧。"

看得出，尤曦知道孙安好没有撒谎。

男人的身体怎么可能撒谎呢？女人似乎可以。

第八天。灰飞烟灭。

如果把前七天的状态做一个走势图，显然第一天是最高点，其次是第二天，再次应该是劳逸结合之后的第六天出现了一个小高峰，然后就是一路走低。

这又应了《左传》"曹刿论战"里的那句话："一鼓作气，再而衰，三而竭。"

这次，第八天，是真的竭了。

晚饭之后，孙安好说今晚不出去散步了，在家歇着。

尤曦没有勉强，自个儿出去了。

孙安好独自待在家里，没有故技重施自己先洗澡然后上床睡觉。他倒是真的想抓紧时间养精蓄锐，但是发现心里始终有一个声音在来回"滚动":"歇歇吧,着什么急,歇歇吧,还有机会。"

心理防线因此溃不成军。

尤曦一回家,孙安好上前一步说:"歇歇吧,又不是没有机会了。"

孙安好假装倒在尤曦肩上。

"那就歇歇吧。"尤曦说。

这回,孙安好是真的倒在尤曦肩膀上了,像挂着的面条。

第九天。无心恋战。

晚餐依旧,散步依旧,女士优先洗澡依旧,就寝依旧。

床上,孙安好和尤曦互相望着,相视一笑。孙安好把尤曦搂过来:"精诚所至,金石为开。"

"难为你了。"

"义不容辞。"

"站好最后一班岗?"

"嗯"孙安好认怂了,"今天是'危险期'最后一天,但现在已经晚上了。说不定,现在已是'安全期'了,算了吧。"

尤曦想了一想,认可了孙安好的分析。

就这样,一、二、三、四、五、六、七、八、九,"危险期"终于走到了头。

"危险期"之后,是休整,更是漫长的等待。

尤曦恢复了忙碌的工作节奏,餐桌上的各种营养大餐有时候被外卖取代。

有个晚上,孙安好吃着盒饭,揶揄说:"生意人就是势利,有合作的时候,鱼翅鲍鱼,没合作了,粗茶淡饭。"

"那你是喜欢有合作还是没合作?"

孙安好没往话里细想,就说了:"当然要合作。"

"还要合作?"

孙安好这才听出了弦外之音,想起那备受煎熬的"危险期",赶紧纠正:"哦,还是不要合作了。粗茶淡饭好,养生。"

夫妻二人都在含沙射影影射生孩子的事。但大家都不明说。

"嗯。"尤曦望着孙安好,眼中含着一丝不明的忧郁,心里似乎想说什么,但嘴是闭上的。她很西方地耸耸肩,回了书房,弄电脑去了。

孙安好收拾好餐桌,抱了本书在客厅沙发上看。大约半小时后,他突然听到书房里动静很大,一阵拖鞋"噼噼啪啪"的声响,然后就看到尤曦像一道白光进了卧室。进了卧室之后再没动静,声音没了,人也没出来。

孙安好觉得不对,放下书,进了卧室。嘿,只见尤曦人已经躺床上了。灯都没开。

看到孙安好进来，尤曦转身，背对着孙安好。腿屈着，身子弓着，像个小猫。

"怎么了？"孙安好问。

尤曦不作声。但枕头上一盒撕开了的卫生巾已经代替了她回答："大姨妈"来了。

"危险期"没有发生危险，精子和卵子擦肩而过，平安无事。

"革命尚未成功，同志仍须努力。"重复着这句话，孙安好拉起被子，盖住尤曦。快走出卧室，孙安好又折回床边，轻轻拍了拍尤曦的身子。说话已经多余，拍完后，孙安好走出卧室，想把最后的几页书看完，但却没有心思，于是洗洗睡去。

新的一轮"安全期"过去，新的一轮"危险期"到来。

"安全期"的时候，孙安好不再主动寻战，静心等待"危险期"的到来。"安全期"里，尤曦也不再需要一会装肚子疼、一会装牙疼。默契达成。

"危险期"一来，和上一轮一样，尤曦上下班极其规律，餐桌的菜肴简单而隆重。尤曦不再介绍每道菜、每盅汤。但孙安好心里知道，那都是有说头的。照例饭后散步，散步会聊一些无关痛痒的社会新闻、八卦新闻，路上碰到孩子会去逗两句。散步完回家，洗澡，然后是为了解放的战斗。

又是一个九天啊!

严酷而悲壮。

之后是漫长的、忐忑的等待。

每到"大姨妈"不知是否会准时"串门"的那一两天,孙安好就会安静地捧一本书在客厅沙发上读。其实心根本不在书上。他耳朵是竖起的,就想听书房里的尤曦会不会又是突然一阵忙乱,拖鞋噼啪作响,然后身影如一道白光跑回卧室,最后全世界都静了下来。

邪门的是,这一幕准时发生。

孙安好心里一阵失落。这失落像氢气,灌进身体的每一个空当,让孙安好觉得自己双脚微微离地,飘在半空中,从客厅横移到了卧室。卧室里,孙安好找回了重量。双脚一步两步三步四步五步六步走到床前,给尤曦拉上被子,然后轻轻拍拍她的身子:"努力努力,继续努力。"

孙安好有时候挺怀疑"一分汗水一分收获"这句话。因为在要孩子这件事上,上帝显然是闭着眼睛的,别说一分汗水一分收获,就是十分汗水也没有一分收获。但说这个有什么用呢?孙安好好歹是知识分子,很快摆脱了抱怨的情绪。

真的只有"努力努力,继续努力"。

"大姨妈"串完门走人,先是无比珍贵的"安全期",心无负担一身轻。接下来又是为期九天的"论持久战"。这么美妙的男女之事,却被拧上了"生孩子"这根发条。这根发条带着艰巨的使命,冷冰冰的,像个监工,毫无美感可言,甚至十分可憎。在监工面前,可怜的男人还必须完成任务。

其中之苦,尤曦心知肚明。她尽着自己的力量,创造"美好条件"。

那天是"危险期"最后一天。

尤曦洗澡完后,躲在卧室里半天。孙安好敲门也不开,只是在里面说:"稍等、稍等,今天要给你个惊喜。"

半天"稍等"后,孙安好擦着湿漉漉的头发推开门,被眼前情景吓住了,果然是好大一个惊喜:

尤曦整了一套情趣内衣,而且还是女仆装。两个巴掌大的布料,围在身上,该透明的,透明着,不该透明的,也透明着。腿上卷着的是吊带丝袜。

孙安好心里叫了一声"My God"。尤曦偏着头,吐着舌头,带着从未有过的妖艳表情,把孙安好抱住。

抱住一瞬间,孙安好有退后的本能。这一出戏,演得太过了,感觉自己是在拉斯维加斯的红灯区。

但抱住自己的人是妻子,孙安好瞬间开始享受这新的视觉刺激。别说，当晚，这情趣诱惑发挥了作用。

但遗憾的是，精子和卵子还是我行我素、老死不相往来。

下一轮的"危险期"，尤曦再次使用情趣内衣大法，第一次还行，第二次有点审美疲劳，第三次彻底歇菜了。第四次，孙安好再看到"女仆"或者"空姐"降临卧室里，已经害怕了。有次，尤曦换了套"女警"的，孙安好当场宣告"我投降"。

尤曦哭笑不得，脱下装备，恨不得一把火烧掉那些薄如蝉翼的缠缠绕绕。制服诱惑，从此退场。

就这样，"论持久战"打了三年。无数分汗水，零分收获。这中间多少个日夜为之煎熬、折腾、等待。尤曦，这个崇尚科学与方法论的留学精英，心理防线终于垮塌了。

"我想明天去留云寺走走。"周末，尤曦跟孙安好说。

"好。"孙安好应道。

留云寺是什么地方？这个城市的人都知道，求子的。寺里供奉着一尊据说特别灵验的送子观音，远近闻名。

出门的时候，天气阴着，但也还好，偶尔有阳光钻出云层、露个小脸。

那就出发吧。一路也挺通畅。车里播着轻音乐，想到一会可以拜拜观音，尤曦和孙安好心情平静，心中升起小美好。

车很快到了寺庙山脚下的停车场，这才发现一路上的小美好换来一场空。停车场里响起了循环播放的高音喇叭：

"各位游客，留云寺突然山体滑坡，为了大家的安全，今天起留云寺暂停开放，开放时间待定。请各位游客有序离开，请各位游客有序离开，谢谢您的理解和配合，谢谢您的理解和配合。"

孙安好心一沉，尤曦脸色变暗。

"几百年的古寺，怎么突然就山体滑坡了呢？"孙安好喃喃道。

尤曦没有言语，眼睛往上瞟。那是一片翠绿的山林。

车在停车场里绕着圈，排队驶出、打道回府。

最后一点精神寄托都无处安放。尤曦回到家后，像失了魂一样，瘫在沙发上。

不过，尤曦毕竟是尤曦，第二天又行动了起来。她再次发挥自己的科学精神，走进医院，给自己做了一个全面的孕前检查。

检查的结果，没有出乎尤曦的预料。尤曦每年都会体检，其中就有孕前检查的项目。她每年的体检都是一切正常。自然，这次检查也是一切正常。

女方一切正常，难道男方不正常？

尤曦拿着体检报告单回家,给孙安好看。孙安好看完,自然领会老婆意图,说:"我明天也去查一下。"

于是,就有了孙安好不堪回首的取精之路。

现在两人结果都出来了:尤曦没问题,孙安好也OK。

但就是怀不上。

问医生。医生说:"这种事很难说清楚。"

问网络。网络上这样的人一抓一大把,都是同样的困惑:"我们也是,我们也是,啥都正常,就是怀不上,烦死了!"

问身边人。身边人说:"孩子和父母是看缘分的。"

问天,天不应。

问地,地无音。

周六早上,餐桌上。两份一切正常的体检报告单。尤曦和孙安好面对面坐着。

"还是相信科学,去做人工授精试管婴儿吧。"尤曦说,"现在我都三十五了,运气好,怀上试管婴儿,都三十六了,绝对的高龄产妇,不能再拖了。"

"好。周一就去。"孙安好说。说完,长长叹了一口气,身体都随之起伏。这口气似乎裹挟着过去三年多一千多个疲惫不堪的日子。现在终于要跟它们说再见了。

第二章 "宫内好运"四人行

这是早上七点半的生殖中心,市民中心医院十二楼。

这个点,很多人都还在被窝里吧。即便是开车上班、担心路上堵车的,这个点,也无非是刚刚出门。第一次光临此地的孙安好,心里嘀咕着。

但是眼前的这里,已经乌泱乌泱的了。

是的,乌泱乌泱。大厅足有一百个平方,中心地带摆着八排铁椅子,每排椅子座位有八个。椅子上坐满了人。有人仰着头,枕在椅背上,半张着嘴,呼吸细匀,仿佛要滑入梦境再会周公。有人正在吸着纸杯子里未尽的豆浆,窸窸窣窣地响,似乎要和负隅顽抗的豆浆斗争到底。有人偏着头吃着包子，她多占了一个位子，多占的位子上放着她的包、病历本，还有一台正在播放着某部热门电视剧的手机，看到某处，她会咯咯地笑，但笑又不笑完，只笑一半，真令人费解。更多的人是刷着手机。有的人，窝在椅子里，两个腿往前伸出很远，这些人穿着很随意，有的男的甚至是皱巴巴的T恤、短裤和人字拖。他们半躺半坐，玩着手机，很舒服的样子，给人感觉是来度假。有的人，正襟危坐，左手半握手机举在空中，右手食指熟练地滑动着屏幕，上上下下、下下上上，偶尔左左右右、右右左左，有点像指挥家在打拍子，这些人往往穿得很正式，或黑白套裙、头发出门前电过，还带着有弹力的卷儿，或西装革履，皮质发亮的公文包立在腰间，似乎一会一完事就得火速赶往某个谈判桌。

把视线从"乌泱乌泱"移出去，生殖中心倒是温馨。入口是一个竖着、固定的屏风，屏风镶着半透明玻璃。屏风正中是一株幸福树。从玻璃后面看它的剪影，都可以看得出来树干粗壮光滑，叶子集中在树顶，层层叠叠傲然散开，一副舍我其谁的样子。地板铺的则是浅土黄色瓷砖，和一米高的弧形护士站是一个颜色。护士站左侧有饮水机和一次性白色纸杯，右侧是挂号、建档和收费窗口。这些窗口台子上还放着一小盆绿萝，也是盎然蓬勃的模样。墙是白墙，但白中掺有微微的粉色。墙上挂着生殖中心的简介、医生的简介、收费价目。但醒目的还是墙上那个"胖娃娃"：那可真是一个胖娃娃啊！全身肉嘟嘟的，小胳膊、小肩膀、小后背、小屁股、小后腿，全是肉。小家伙全身只裹着一个尿不湿，昂头看着前方。一双大眼睛，像巨峰葡萄似的，水汪汪、亮晶晶的。"嘿，可爱的小肉嘟嘟，你在看谁呢？看我和尤曦吗？"孙安好在心里问。

七点半开始，大厅里的人开始"醒"了，有人站在挂号窗口前排队，有人贴着墙站在各个医生诊室门口排队。排队的大部分是男士，他们或惺忪或精神，你看不出一丝他们心中的焦虑。他们如此平静，让孙安好有一种大家是在麦当劳排队取餐的感觉。

孙安好到挂号处排队。相对医生诊室墙边的队伍，挂号的队伍不长，不到十人。看来，很多人是来检查、复诊的。

关于试管婴儿，孙安好当然是有些了解的。孙安好翻出手机里收藏的专业医学百科知识网页：

在我国民间经常把"体外受精和胚胎移植"（IVF-ET）叫"试管婴儿"。而事实上，体外受精是一种特殊的技术，是把卵子和精子都拿到体外来，让它们在体外人工控制的环境中完成受精过程，然后把早期胚胎移植到女性的子宫中，在子宫中孕育成为孩子。利用体外受精技术产生的婴儿称为"试管婴儿"，这些孩子也是在妈妈的子宫内长成的。可以说，"试管婴儿技术"等同于"体外受精"。

呵，原来试管婴儿不是在试管里喝营养液长大的。

试管婴儿诞生的过程，有点复杂，有六大步：促排卵治疗、取卵、体外受精、胚胎移植、黄体支持、妊娠的确定。

这流程一看就需要时间，而且是漫长的时间。孙安好突然明白过来，这里就诊的人为何一个个脸色平静、泰然处之，看来那都已经习惯了。到了这里，人只需要做两件事：配合和等待。

孙安好继续浏览网页：

> 治疗成功率可达百分之三十到百分之五十。临床治疗成功率受多种因素的影响，如女性年龄、不孕原因、实验室技术等。

女性的年龄这一点，一眼望向大厅，尤曦不算最大，但绝对不算最小的。有不少都是二十多岁的小姑娘呢!也不知道是女方的问题,还是他们身边年轻丈夫的问题,还是双方都有问题,不然这么小年纪着啥急。也有两三个一看就过了四十的女士,这些中年夫妇既不瞌睡,也不刷手机,安安静静,却又略显憔悴。

七点五十五了,窗口里两个护士在开电脑。护士二十四五的样子,两人都留着时下流行的空气刘海。两人在里面不知道交谈着什么,总之很开心,高个护士还用手假装打了矮个护士一下。她们雀跃的样子,让人想起校园。没准她们就是刚从医学院毕业呢。

医生诊疗室也开门了。几个白大褂从大门口进来,然后自然分开,进到自己的诊室,全是女医生,从外表看,医生们年纪都不小了,都五十以上了吧,年轻的也有四十多了。

这时候在诊室门口排队的人已经换成了女士。大家纷纷轻声问候自己要看病的医生:"刘医生好"、"王医生好"、"钱医生早上好",有人还问候得更亲切:"舒兰医生好"、"王妈妈好"。

被唤为"王妈妈"的那位医生,一头白发,她是这个生殖中心的创始人,也是整个城市第一个引进生殖辅助技术的专家。那是上个世纪八十年代的事了。这是孙安好、尤曦来之前已经了解到的。幸运的是,尤曦预约到了她的专家号,以后就固定找她诊疗。

挂号很快。拿到号后是建档。建档要提供夫妻两人的身份证、结婚证、生育证，以及一些基本检查。

"建完档，流程就开始了，一切按医生的提示来就是，要有耐心。"建档医生笑容温和，验完证后，把原件还给孙安好，"给你们排号了，女方做血常规，男方做精液常规。"

"精液，我前几天检查过了，报告说没问题。"孙安好说，手伸进包里要找报告。

"你那是门诊。我们这里要复查。以后一切检查以生殖中心的为准。"建档医生笑着说，"去吧。大屏幕上有你的名字，到了你，会叫你的名字的。"

孙安好坐了下来，等待叫号。

尤曦那边倒很快，几个检查室转悠着，一会抽血，一会做妇科检查什么的。

大厅人越来越多，很多人是预约了的，踩着点进来。不少人似乎已经成了熟人，走近了都客套地打着招呼。女人之间则互相询问着：

"你上次冻了几个胚胎？"

"三个。"

"哇，那么多！我只有一个。"

"有人更多呢，五个。"

还有更多的闲聊，孙安好听得云里雾里，索性不听了。起得太早，困意上来了，孙安好干脆闭目养神起来。

几分钟的闭目养神中，孙安好感受到整个生殖中心总体来说还是安静的，不像在门诊，到处都是嘈杂声：孩子的哭闹、急促的脚步、人群的喧哗、大声的电话。这里，人人都在既定的流程中等待，一切行动听医生指挥。因为每个人面对的是陌生的诊疗，它不是拔个牙、看个感冒，人人都有发言权。每个人都必须平复心情等待医学实验室的最终结果：成功或者失败。

孙安好睁开眼睛，自己的名字还在电子屏上。这个电子屏上的人都是男士，都是等待取精的。孙安好排在第三位。

突然，大厅有了些异样的动静。

只见两个抱着一堆文件夹的护士站在电子屏下，指指点点，脸上挂着莫名其妙的笑。

护士的举动引起了大家的举动。不少人也望向电子屏。有人露出笑容，那笑容是会心一笑。

有人问："笑什么？"

旁边的人说："看，上面的名字。"

"名字?名字怎么啦?"

"顶头上面四个人名字的最后一个字,连起来读读。"

被提醒的人嘴唇嗡嗡,随即会心一笑。

孙安好也看明白了。

电子屏顶头的四个名字是:

"赵一宫

钱其内

孙安好

李丙运"

这四个名字的最后一个字顺下来就是:

"宫

内

好

运"

"宫内好运"这四个字,孙安好不陌生。孙安好上过一些不孕不育的论坛,发现很多文章的留言都会有这四个字:

"祝你宫内好运"。也有写成"祝你宫内好孕"的。"运"和"孕"同音。"宫内好运（孕）"是这个群体最大的梦想，也是最吉祥的祝福。

"哇！宫内好运！好吉利！耶！"人群中有人喊了一句，是个男人的声音，带着广东口音。

有了这么带头的一喊，这个大厅沸腾了！

"宫内好运！"

"宫内好运！"

"宫内好运！"

大家欢呼着，此起彼伏。

连医生、护士都被惊动了，大家纷纷跑出来看电子屏。

很多人不约而同拿出手机拍照。

老专家"王妈妈"站在电子屏下说："今天是个好日子！祝每个人宫内好运！"

掌声雷动。那是发自内心的掌声。

"王妈妈辛苦了，所有的医生辛苦了。"人群中有人喊。

"大家也辛苦了。好了，我们继续工作。""王妈妈"和医生护士回到各自岗位，大厅逐渐平息下来。

"来，我们'宫内好运'的四个人站起来，认识一下，大家交个朋友。"这时候，孙安好身边的一个男子站了起来，

"我就是李丙运。"

看着身边人站了起来,孙安好也只好站起来:"大家好,我是孙安好。"

"赵一宫,我是。"走廊边上传来一个声音,声音沙哑。孙安好看到是个长发男子,一件宽大的蜡染T恤,一条破洞牛仔裤,像个艺术家。

钱其内呢?前面没有见人站起来。孙安好扭头过去看到,一个微胖男子弓着身子,站了起来,手低低地摆了一下,算是打了个招呼。他没有出声。

"你们应该加个微信、建个群。钱其内、孙安好、李丙运你们三人都是第一次来建档的,赵一宫不是第一次了,你们以后可以互相交流什么的。"建档医生正闲着,坐在窗口后面来了一句。

大厅里看热闹的人纷纷鼓掌。

这一起哄,四人不得不响应。

又是李丙运先起身。他说:"来,我们来个面对面建群。"

就这样,四人群建起来了。

"你们的群名就叫'宫内好运'。"有人支招。

"对、对、对。"有人附和。

群主李丙运便把群名改为"宫内好运"。

加完微信群,开始叫号了。

"赵一宫,请到一号取精室。"

"钱其内,请到二号取精室。"

"孙安好,请到三号取精室。"

"李丙运,请到四号取精室。"

"宫内好运"四人拿着护士发的塑料小杯子,进入走廊,走廊尽头是一、二、三、四号取精室。

取精室的木门刷成了乳白色,上面用红色字体写着"取精室三"字样,并配有英文。

孙安好推开三号门。心里有种幸福感在荡漾。

毕竟,门诊取精的经历太糟糕了。乌烟瘴气的厕所,人声鼎沸的环境,真要人命。现在终于有了专门的单间取精室,这怎么不是一种幸福?

取精室,不大,狭长一间,五个平方左右,全封闭,无窗。孙安好匆匆环顾四周:地板洁净、墙壁洁净;进门左侧是一张单人沙发,沙发对面墙上贴着一张半裸体美女图片;墙下面是一个洗手盆,洗手盆上有一卷纸巾;沙发脚下有一个套着塑料袋的垃圾桶。设施就这些,没有电视,也没有所谓的黄色画册。一个白炽灯泡固定在墙上。

看来,一切还得靠发挥想象力,然后自己动手、丰衣足食。

"既来之，则安之，开工吧。"孙安好坐下来，看着半裸体美女，进入工作状态。

遗憾的是，工作环境的改变，并没有提高工作效率。孙安好睁开眼查找原因。孙安好觉得是灯光太亮了。于是去关灯。"啪"，灯关了，屋子漆黑一团。漆黑一团，人觉得心慌、憋得难受。不行，还是开灯吧。

"唉，这个灯光要是能调节就好了。灯光这么亮，审犯人似的！或者，怎么不配个红色彩灯呢？大医院都存在一通病，不注重细节，不人性。"孙安好一边抱怨着，一边调解呼吸，盯着半裸美女出神。

"不行不行，还是灯光的问题。"孙安好再次站起来。突然，他灵机一动，从包里找出一个红包来。这红包是上次为一个同事结婚准备的。结果那天晚上系里突然有紧急会议，婚礼没去成，红包也没送出去。孙安好把钱抽出来，红包套在白炽灯泡上。

屋子里的光，瞬间暗了下来，而且还是红色。

微暗红光，尽显暧昧。

这个红包救了孙安好。

在微暗红光中，孙安好终于比较顺利地完成了任务。手里的小杯子明显有了重量。

孙安好快速取掉救命红包。小屋最里头的墙上有一个活动窗户，窗户呈正方形，半个平方大小。窗户上写着"精液标本存放处"。也就是说，这个窗户连接实验室。

孙安好试探地敲了敲窗户。里面居然有人回应："打开窗户，放在上面就可以了。"

拉开窗户，果然是一个小台子。孙安好把小杯子放在上面，说了一句："你好，医生，已经放好了。"然后关上窗户。

正要离开取精室，孙安好又觉得不放心，不知道刚才自己的话，里面的医生有没有听到，于是又返回窗户位置，打开窗户，咦，小杯子不见了，精液被取走了。孙安好好奇实验室里到底是个啥模样，想拉开里层的铁板，可惜拉不动。孙安好只好作罢，走出了三号取精室。孙安好左右看了看另外三间取精室，只见一号的门是打开的，二号和四号是紧闭的。看来，二号的钱其内和四号的李丙运还在苦苦战斗中。

唉，甭管环境优劣，这事都是一场恶战啊。

回到大厅，孙安好一屁股坐了下来。确实有点累。

孙安好环顾了四周，没有找到尤曦，也只好等着。

十多分钟后，孙安好听到手机有响声，尤曦发来的信息。哦，她早已经检查完了，公司有事，她先走了。

孙安好没等到尤曦,却等到了二号的钱其内和四号的李丙运。

他们几乎一前一后回到大厅,大汗淋漓。

两人也是一屁股坐下来,感觉一排椅子都要被他们坐塌了。孙安好坐中间,两人一左一右。

两人同时长长呼气。

"兄弟,你完成了?"李丙运问。

孙安好点头。

李丙运举起大拇指,然后摇头:"真要命,这玩意,我死活没弄出来。"

钱其内也开腔了:"我也没有弄出来,太难了。"

孙安好耸耸肩:"确实。我是后面想了个招数。"

"啥招数?"李丙运瞪大眼睛,身子凑了过来。

钱其内也转身面向孙安好。

孙安好拿出包里的红包。

"啥?红包!给红包?给谁红包?护士?"李丙运脸都变形了,一口气问了几个大问号。

"想哪去了!当然不是。"孙安好说。

"行行行!这样,马上中午了,我请大家吃个饭、喝个茶,大家交流下。"钱其内打断了孙安好的话,"孙先生,您看好吗?"

没等孙安好说话,李丙运开腔了:"可以。这个主意好。"

"那就这么定。"钱其内也没等孙安好说话,自己来了一句,"一切我安排。"

孙安好应了下来。一来,下午没课;二来,午饭时间到了;三来,他想把经验分享出去,雪中送炭,急他人之所急,救人于水火之中。

"还有一位兄弟呢?赵一官先生呢?"钱其内问。

"应该是走了。我出来的时候就没有见到他。"孙安好说。

"我来群里问下他。"李丙运说着,然后打开手机,在群里@赵一官:在哪里?中午我们四人聚一聚。

赵一官没有回复。

"我们先走吧,边走边等赵先生。"钱其内起身,"对了,你们夫人都还在这里吧,叫上一起?"

"我老婆先走了。"孙安好说。

"那我也让我老婆先走,今天就我们四个男的聚吧。"李丙运站起来,跟后面一个女子打了个手势。那个女子奔了过来,三十左右,皮肤有点黑,头发扎着,穿着一条暗红色带袖的裙子,看上去有点羞涩木讷的样子。

"你先回去。我中午和两位老板吃个饭、谈点事。"李丙运昂头向妻子交代着。

"我也跟我太太说一声,她们应该在楼下的车里。"钱其内说,"走吧,一起走吧。"

下了楼,果然看见一辆黑色的宝马越野车停在道路边上,左右打着双闪。见到钱其内,驾驶室上下来一个男子,拉开车门:"老板。"

钱其内敲了敲后排车窗。车窗摇下,探出头的是一张妆容精致的脸,是一个漂亮的青春女子。

钱其内说:"我中午不跟你们吃饭了,你们自己解决。"

青春女子似乎在车里轻声"嗯"了一声。这时,青春女子后面拱出一张脸,是个阿姨。阿姨嗓门挺大:"你怎么样?精液检查结果好点没有?"

钱其内转头对司机说:"你一会再来接我就是。"

"好,老板。"宝马车开走了。

这时微信群里的赵一宫留言了:"我已经离开了,下次再聚,谢谢。"

中午吃饭的地点就在中心医院马路对面的"潮之悦食府"。这是一个很高档的潮州酒楼,门口停满了奔驰宝马,穿着红色旗袍的高个服务员会打着伞迎接从车里走出、派头十足的老板们。

钱其内一出现,两个服务员争相走来。

"钱先生好。"

"给你准备的是小包房六一六。"

钱其内回头招呼孙安好和紧随其后的李丙运,边跟服务员说:"小包房够了,就我们三个。"

进了包房,所谓的"小包房",居然比一般的酒楼的大包房还大。它分开两间,外面的,类似客厅,有茶具、电脑,还有麻将桌。里间,一张八仙方桌,四条明清式靠背木椅,一只高高的木架上搁置着一盆葱绿的水仙,白色筒状鞘中抽出花茎,十分精神。

大家跟着钱其内直接入了饭桌的座。

"二位,想吃点什么?这里我比较熟悉。"钱其内坐在最里的位置,背对窗户,然后问。

"随便、随便。"李丙运抢着说。

"你熟悉,你来吧。"孙安好说。

"那我来了。"

钱其内话音一落,一个穿黑色裙装的部长婷婷走来,人未到,声先到:"钱总,欢迎光临,大家好,中午好。"

"来,你给我们安排吧,清淡点就好。现在就可以上菜。"

钱其内把活推给了女部长。

"好,清淡点。"女部长给每个人添满茶后退了出去。

"感谢钱老板招待。钱老板气派。请问钱老板做哪一行的?"李丙运问。

"嗨,啥气派不气派,吃个便饭而已,这里离医院近,就对面,两步路的事,懒得东奔西走了。"钱其内说,"我什么都干过,早期做家居,后面承包商场,但现在实业和零售都不好做,只好改做服务业,目前主要是物业管理和金融投资。"

说完,钱其内问:"二位呢?何处高就?"

李丙运说:"我就比不上你了,你是大老板,我是打工的,在郊区承包了个鱼塘。养鱼、卖鱼,也供人钓鱼,一年辛辛苦苦也就赚个一二十万。"

"那也不错,总比在工厂里打工强。"钱其内看着孙安好,笑着附和李丙运。

孙安好说:"我是个老师,在大学里教书。"

"大学老师!大学老师好啊,我最尊重老师了。"李丙运说。

"孙老师好。"钱其内点着头说,"一会要好好向孙老师讨教下取精室里的事。"

"对、对、对，这才是正事。钱总你不说，我差点忘了。哎呀，那玩意，真的要命。"李丙运握着筷子，把桌子戳得咚咚响，同时话语快得像竹筒里倒豆子，"我问你们，你们那个小屋子是不是也挂着一个裸体女郎？肯定都有吧。那个裸体女郎是漂亮、性感，但你注意到没有，他妈的她的眼睛是往上瞟的，根本不看你，她倒像个女英雄，高高站着，蔑视一切，随时准备英勇就义的样子，唉。偏偏不巧的是，我手机放在老婆的包里，不然还可以自己搜两张性感图片。唉，最后气得我一点感觉都没有了。你说医院也是，为何不挂一个和蔼一点的、风骚一点的美女？反正我后来是越弄越搓火。"

"我倒没注意到你说的这个。"钱其内说，"我是心理压力太大了。"

"啥心理压力？"孙安好问。

"我是和我太太还有丈母娘来的。我一进去那个小屋，满脑子不是想入非非，而是我丈母娘的样子。想到她天天的各种旁敲侧击，唉，烦都烦死了。今天本来是我和太太两人的事，丈母娘非要跟过来，说是照顾她女儿。真到了医院，她不上来了，自己在车里休息。我们在排队的时候，她就发微信给她女儿，一会问'怎么样了，排上号了吗'，一会问'怎么样了，检查完了吗'，烦不胜烦。我进去那个小屋，我就在想，她是不是又在问她女儿'钱其内呢，他检查做的如何，有没有问题，医生怎么说'。脑子里全是这个，你说怎么弄！"

李丙运和孙安好都绷着脸，心里想笑但不好意思笑，憋着。

"你丈母娘也太操心了。"孙安好同情了一句。

"谁让我是老夫少妻。我今年四十二，太太二十六，丈母娘就各种不放心，什么都要管着、跟着。"钱其内痛苦表情大大地写在脸上。

"孙老师，你快说，你的招数。"李丙运提醒到。

"很简单。"孙安好把自己用红包套进白炽灯泡，以调节灯光亮度和颜色、缓和心理压力的方法和盘托出。

"咦，果然还是知识分子聪明。明天试试。"李丙运放下筷子，舒服地躺在椅背上。

"明天试试。"钱其内若有所思地说。

"关键一点，一个人来，别带你太太，更别带你丈母娘来了。"孙安好提醒。

"那必须不能带了，丈母娘在，那就是一九层妖塔，再好的环境也起不来。"钱其内说完，菜上来了。

先上来的是两道菜：每人一碗鱼翅汤，每人一份鲍汁扣辽参。

都是名贵大补。

"破费了,钱总。"孙安好说。

钱其内挥手说:"客气了。谢谢你提供的点子。明天把事办了,还要感谢你,一定。"

"对,对,明天我请客,我来请大家。"李丙运把盘子里的鲍汁刮干净吃下肚,抬头说。

嘿,第二天中午还真接到了李丙运的邀请。

邀请是发在"宫内好运"微信群里的:@孙安好、@赵一宫,我和钱总完事了,大功告成,决定中午和大家一聚,地点是龙山水库,我的鱼塘在那里,我请大家吃全鱼宴!

看到微信的时候,孙安好正好在分校区结束了整整一上午的课,有点疲倦。条件反射是想拒绝,想立即开车回家休息。但一看地点,这不就是分校区旁边风景秀丽的龙山水库公园吗?这个李丙运居然在这里还有"家业"!

那就吃了午饭再回家,顺带看看龙山水库公园美景。孙安好在群里答应了下来:"我现在就在分校区,出了校门左拐就是龙山水库的正门。"

李丙运说了一段语音发在群里:"从正门进,顺着右边的石板路一直走到底,那边有一片鱼塘,鱼塘旁边有荔枝林,荔枝林有三间平房,那就是我的地盘,靠近围墙那一间是厨房,我老婆在里面杀鱼了,你过去就是,我马上跟她说,我们的孙大教授要来吃饭。"

"好的。谢谢。"孙安好说完,又在群里@了下赵一宫:"赵兄,一起来吧?"

孙安好对赵一宫有点好奇。他那天的打扮——长发、蜡染T恤、破洞牛仔裤,完全是个艺术家的派头。他应该就是艺术家。孙安好跟艺术家应该是聊得来的,至少相对钱李二位来说。

遗憾的是,群里,赵一宫一直没有回复。

"没准人在睡觉呢。艺术家的生活不都是黑白颠倒的吗?当然,也没准人家压根不想搅和进来。都有可能。算了,不琢磨这种问题。"孙安好边寻思边走出了校门。

出校门,进水库,顺着右边的石板路。水库公园里,绿树红花,争相辉映。草地上,有一家老小搭着帐篷、铺着胶垫,享受阳光。一个小男孩正在和父亲踢皮球,父亲一脚踢大了,绿色西瓜皮球滚到孙安好脚下。小男孩追了过来,嘴里咿咿呀呀地叫着:"球、球、我的、我的。"孙安好蹲下,捡起来,举在手中,等待小男孩过来取。快要到跟前了,小男孩却因步子走大了,一个趔趄,就在摔倒瞬间,孙安好一把抱住。小男孩拿到了皮球后,贴着孙安好的脸"啪"地亲了一口。

小男孩摇摇晃晃走了。被亲吻过的孙安好，顿时觉得幸福感洋溢全身。婴儿那柔软的嘴唇、小脸嫩嫩的肉肉，似乎余温尚存。"有一个可爱的宝宝，多美啊。"孙安好心里浮起一丝波澜，"上天啊，这回赐我一个宝宝吧。"

长长的石板路，走了近二十分钟。石板路越走越窄，大片大片的草地逐渐被一簇簇荔枝林代替。果然看到一个鱼塘，有半个足球场那么大。鱼塘和荔枝林之间是平房。

远远就看到一个女子在地上忙活着。从扎起的头发看，她应该就是李丙运的妻子。孙安好故意咳嗽一声。女子转身抬头，然后起身在围裙上擦着手说："你是孙教授吧？快来，请坐，我给你泡茶。"

"别别别，你忙你的，我不着急。"

"有点烫。"一玻璃杯热茶还是递了上来。之后，她就继续蹲地上叮叮当当起来。她正在撬生蚝。生蚝装在一个泡沫箱里，足有二三十个。

"不是说中午吃全鱼宴吗？"

"对。"

"那中午还吃生蚝？"

"嗯。"

看得出，李丙运妻子不是爱说话的人。孙安好不再多问，把热茶放下，自己钻进荔枝林里闲走。

还没走出十步，李丙运和钱其内回来了。李丙运高声叫着："孙大教授，久等了。"

孙安好折返回来。阳光漏过树叶，正好落在李丙运和钱其内的脸上，黄澄澄的。完成了取精任务，两人一副轻舟已过万重山的神态，脸上的肌肉都呈现松弛状。

三人坐在露天的石桌石凳上，功夫茶泡好，一人一小杯。

在孙安好面前，两人不忘分享上午的经历。

钱其内先说："我没带红包，我带了一条大红绸布，两米多长，中间还扎着一大朵绣球花。这段红绸布有一段历史的。你们知道什么历史吗？十五年前，我创下的第一个品牌家具'奥凡思'，旗舰店开业的时候，剪彩用的。当时，最中间站着我和我们一个老乡，他是全国政协委员。这是我第一次创业，也是第一桶金。我把最中间这段绸布收藏了起来。今天用上了。"

"钱总很用心啊。"孙安好说。

"钱总你这次一定能跟当年创业一样，旗开得胜。"李丙运跟了一句。

"我接着说。"钱其内说，"进了那个取精室，我第一件事就是拿出红绸布。心里真的有一种激动感，感觉自己站在近百员工面前，庄严宣布，这是我的地盘我做主。我把红绸布搭在白炽灯泡上，一层，觉得亮了，再加一层，嗯，恰到好处。灯光确实能缓解人的紧张。暗红的灯光下，加上注意力集中，很容易就进入了状态，完成了任务。"

"我觉得你成功的关键原因，是没有让丈母娘在楼下车里等。"孙安好揶揄着。

"哈哈哈！"钱其内大笑，"别跟我提丈母娘！"

李丙运接龙："我没有钱总那么辉煌的经历，也没有带扎着花的红绸布。我的办法很简单，穿了一条红内裤。"

"哈哈哈！"孙安好、钱其内一齐爆笑。

"真的是一举两得。"李丙运说，"红内裤罩住白炽灯泡，正合适。关键是我自己昨晚连夜叫人喷绘了一张巨幅性感美女，含情脉脉、和蔼可亲。我一进去就把我的性感美女贴在墙上。确实像钱总说的，这玩意就是心态放松了就好办。然后我也很快完成了任务。"

"我看看你连夜喷绘的性感美女。"钱其内问起，"看看你所谓的'含情脉脉'、'和蔼可亲'到底啥样的。"

这一问，让李丙运大叫："坏了！坏了！"

"怎么了？"孙安好、钱其内同问。

"妈的，那海报我忘了揭下来！"

"哈哈哈！"钱其内狂笑。

"正好造福后来人。"孙安好说。

全鱼宴上来了。

李丙运妻子真够能耐，一个人做出这么一大桌子菜。

色香味俱全。

"还有烤生蚝。"李丙运妻子给茶壶加了热水，说，"你们先吃，我现在准备烤生蚝，得要十多二十分钟。"

李丙运妻子返回平房里。钱其内说了一句："李丙运，你好福气啊。我都羡慕。"

李丙运看看钱其内，又看看孙安好，看完把碗里一块鱼骨给吸溜完，回了一句："唉，好福气又有什么用呢？都三十好几了，还没孩子啊。"

"别这么说，咱们三个不都这样吗？对了，你是怎么回事？我们今天分头说说自己的事。"钱其内已经完全放下了自己的大老板身份，把领带扯了，丢在空余的石凳上。不知道为什么，两分钟后，他又把领带从石凳上拿起，挂在头顶的荔枝树上。风一吹，红色领带摇摆着，煞是有趣。

自然是李丙运先说："我之前做批发的，批发玩具，有金属类、塑料类、棉绒类、电子类、纸质类，还有泥土类。孙教授，就在你们大学分校区东边的那条学生最爱逛的街上。我结婚晚，四年前结的婚，人都已经三十了。结婚以后就准备要孩子，也从来没有避孕过。一开始觉得，生孩子这玩意还不简单，就跟种瓜种豆一样，播种、施肥、浇水、除草，然后等着收就是了。哪知道就是种不上、没得收。"

李丙运喝了一口茶，把一片茶叶吐在地上："一年了，都还种不上，一开始没在意，就以为可能是还不够努力，于是开始'勤播种'，几乎全部精力都放在'播种'上了。批发生意有时候需要晚上送货，为了'播种'我一到晚上八点就关机。整整一年我都这样，朋友都不来往了。但还是不行啊。这种事又不方便请教亲朋好友，也觉得没有必要去问医生。生孩子人人都会的事，问什么医生！当时心里就是这么想的。

"直到有一天，说来不是很雅，我在上厕所的时候，无意中读到一张废报纸，报纸上有一段话让我一惊。这段话大意是，'播种'太频并不代表就能增加怀孕机会。经常同房会导致精液减少，精子的密度下降，甚至还会排出还未发育成熟的精子，这种精子是无法和卵子结合的，只会大大减低怀孕的概率。最关键一点，多次同房也会影响到女性正常的排卵,甚至会出现嗯对!会出现免疫性不孕,长期接触丈夫的精液和精子容易激发女性体内产生一种什么就是类似于抵抗精子的抗体,阻止精子受孕,影响精卵结合。当时我就想,天哪,我担心老婆体内产生了抵抗我的精子的抗体。

"于是,我赶紧恢复了正常,不再'勤播种'。但还是迟迟没有好消息。有一天,有朋友说,你们做玩具批发的,小心玩具有污染。朋友一句话让我立即转让了玩具店。是啊,城里人生孩子都讲究'封山育林'、烟酒不沾,我还天天接触有害物质,那怎么行!为了生孩子,我低价转让了玩具批发店。说心里话,玩具批发利润真高。为了有一个好的环境,我就承包了现在这个鱼塘,山清水秀空气好,心想这回该可以了吧。

"可是你越想一件东西,这件东西就越不来。又一年过去了,老婆该是怎么样还是怎么样。绝望了,这才去医院。先是她去检查,一检查,真相大白。原来是老婆的输卵管堵塞。吃了半年的中药,疏通不了。家里人催得不得了,恨不得把我们绑在床上等着孩子落地。

没办法,那就听医生的话,去做试管婴儿吧。"

李丙运一席话,说得大家心情沉重起来。

"你是你妻子的问题,我则是我的问题。"钱其内开腔了,

"我大前年四十岁结的婚,太太是刚毕业的大学生二十四岁,反正就是阴差阳错遇上了,还一见钟情,她也知道我的年龄,但二话没说就跟我登记了。"

"钱总你这是二婚?"李丙运问。

"啥二婚!我是一婚!"钱其内喝了一杯功夫茶,"唉,我结婚这么晚,也是被所谓的事业给拖住了。这个世界上最苦逼的不是打工仔,是老板啊。千万不要看到老板人前马后咋咋呼呼的,世界上压力最大的就是企业家。有年马云说'我有生以来最大的错误就是创建阿里巴巴,因为工作占据了我的所有时间……如果有来生,不会再做这样的生意……我不想谈论商业,不想工作',这不是矫情!我三十岁之前做家居,风生水起,但根本没有时间去考虑成家的事,三十岁之后,实体不行了,全被互联网冲击得七零八落,被逼着转型,转了几次没成功,最后转到了物业管理。那几年,天天熬夜通宵啊,每天入睡前就想到公司几十号人的工资怎么发、房租从哪里出、怎么跟投资人汇报。有一年拿下了一个超级楼盘,合同签完晚上吃饭,开发商老板直接就是'钱总,这个楼盘,你一年收物业管理费可以收两千万,你说这酒该怎么喝?',行业规矩一百万一杯,我一口气连喝二十杯。二两一个的大杯子啊!那哪里喝的是茅台,那喝的是五十三度的酒精！"

钱其内停下，自己倒了一杯茶喝下，李丙运赶紧添了一杯，钱其内端起又喝下，然后继续："我是常年的熬夜、喝酒、应酬搞坏了身体。好了，大前年，结婚了，李丙运我跟你一样，肯定是想着要孩子，我太太这点特别好，她都会尊重我的决定和规划。我倒没有像你那样'勤播种'，这个知识我有，我是在排卵期增加次数。因为一般卵子的寿命最长为四十八小时，在排出卵巢后的二十四小时内，是精子和卵子碰上的最好时期。我那时候请了一个家庭医生，专门帮助我太太监控排卵情况，什么基础体温、B超测排都用上了。每一个排卵日过去以后，我太太每天天一亮就起来验尿。早孕试纸，灯下看、窗前看、阳台看、里屋看、外屋看，看着看着觉得有印，看着看着又觉得没印，每天看到眼睛都花了。"

"我们家也有这个情况，唉，她们也不容易。"孙安好接着话尾子说。

"我是两年之后去新加坡查的精子。这一查，确认了是我的问题，精子活力不够。"钱其内停了下来，准备找茶喝。一摇茶壶，没响。钱其内的手悬在空中。

"没茶了。"钱其内说。

"怎么个活力不够？什么原因？没有解决办法吗？"这个

李丙运！对一切好奇，硬是要打破砂锅问到底。

"活力不够就是精子向前游不远，没法碰到卵子。"孙安好替钱其内回答了其中一项。

"原因就复杂了。我应该还是因为年轻时的过度熬夜和烟酒。"钱其内接过话题，"烟草中的尼古丁等通过对精子的直接和间接损伤而影响精子活力，长期嗜酒者则可能直接和间接影响精子的运动能力。办法呢，中医、西医都用过，有轻微改善，但不明显。生孩子这件事太神秘、太复杂，很多东西都不是一时半会可以改变的。还是那句话，出来混，迟早是要还的。我最庆幸的是，二十几岁的妻子能理解、能配合。唯一尴尬的是丈母娘，放高利贷催债似的，生怕自己这辈子当不了外婆。"

最后轮到孙安好。孙安好接着钱其内的那句话说："钱总概括还真是精辟，生孩子这件事太神秘、太复杂，我们就是夫妻双方都没问题，但就是他妈的怀不上。说认真对待，我们认真对待过，说放松心情，我们也放松过，就是等不来。怎么办呢？关键岁数不等人，只好借助医学手段。"

李丙运这时候才起身提着茶壶去添加热水。他刚一起身，妻子从门帘里出来了，端着一大盘热气腾腾的生蚝。生蚝上撒着葱花，清香扑鼻。李丙运把茶壶交给妻子，给钱其内先夹了一只生蚝："钱总，你要多吃点。"

孙安好低头看了眼手机，"宫内好运"微信群里依旧没有动静，赵一宫依旧没有出现。

这个赵一宫！

第三章

试管婴儿初体验

新的造人计划开始了。

永远都是一大早要过去生殖中心,永远一到生殖中心就看见大厅坐满了人,永远都是安安静静的。有人打着盹,有人窸窸窣窣喝着未尽的豆浆,有人看着手机,有人一身正装正襟危坐。他们在等待医生上班,等待叫号,然后建档的建档,取精的取精,调整体内激素的调整体内激素,促排卵的促排卵,移植的移植,验孕的验孕。大家在这里,似乎都是修道成佛、耐心超好的一群人。生殖中心什么时候有大动静?有人验孕成功了。验孕成功就是移植成功之后第十四天,生殖中心抽血查验确定胚胎已在妈妈子宫里安营扎寨、一切正常。这是一个大喜讯，没有谁能藏得住，心花怒放会写在脸上。在生殖中心久了，人人都会认识几个熟悉的"天涯沦落人"，都会忍不住分享自己验孕成功的喜讯。谁知道了，都会激动地献上自己最真诚的祝福："祝贺、祝贺。"听到有人说"祝贺"，无数人都会围过来，都是羡慕的眼神。被祝福的人会一一道谢，祝福大家好运："祝大家宫内好运（孕）。"被祝福的人最终踩着轻快的步子走出生殖中心，留下瞬间恢复平静的一大屋子人。

中午到了，生殖中心就空了。因为所有的检查、流程都是要在上午进行完的。取精必须是早上，打针也是早上，移植也是早上。下午的生殖中心属于实验室。被一道墙壁隔开的试验室里，永远是神秘的。孙安好能想象的是，年轻的医生在各种仪器下工作，从零下一百多度的容器中，筛选精壮有力的精子，让它们和同样从零下一百多度的冷冻器取出的卵子相遇、厮磨、腻歪，然后融为一体，你中有我，我中有你。这些最早的生命在培育和观察中，由一个细胞变成一个胚胎，像小时候把一颗黄豆埋进土里，经过雨水、阳光的滋养之后，终于看到泥土微微拱起。那拱起的东西就是要移植到尤曦身体里的宝贝。是的，宝贝。

孙安好和尤曦的诊疗医生——"王妈妈"到了。大家问候着她,她招呼着大家。

"试管婴儿有一套严格的流程,一切行动听指挥。"第二次去生殖中心,首先见的是"王妈妈","然后就是放松、放松、再放松。"

"好的,放松。"孙安好应了一句。

"没你什么事。主要是你媳妇放松。""王妈妈"说,"过几天,你再取一次精液就完事了,你媳妇要做的事,那就多了。"

"好的,王医生,一切听你的,放松。"尤曦轻轻说。

"王妈妈"把尤曦领走了。

回到大厅,孙安好等了约半个小时,尤曦回来了。

尤曦手里拎了一包药。

"你刚才?"孙安好问。

"开药、打针、降调、促排卵。"尤曦回答,"接下来一周每天上午都要来这里打针。"

"怎么个降调、促排卵?"

"常规来说,一个女人一个生理周期能排一个成熟的卵子。降调、促排卵是用更多的性激素来促进卵泡排出,这样卵泡会均匀一些,排出的卵子数量也会多一些。"

"增多多少?"

"多则二三十个,少则一两个。要看卵巢功能的好坏。"

"然后,这些成熟卵子将与被筛选出来的精子共进一室,培育可以移植到母体的胚胎。"

"对,你说得跟个医生似的。走吧。"尤曦坐了一会,起身了。

"我网上查的。"孙安好说,"着什么急,你刚打完针,再休息一会。王医生不是说了要咱们放松、放松、再放松吗?"

孙安好不知道为何,就是想开一个玩笑。

"我现在一身都是松的。"尤曦顺着孙安好的意思,回了一句。不愧是多年夫妻,挺默契。

七天的促排卵针打完后,人就不由得开始紧张了。因为取卵开始了。

七点半到的生殖中心,先办手续,核对身份、输入指纹,然后夫妻双方分头行动。孙安好去取精,尤曦去取卵。

孙安好把尤曦送到一扇玻璃门前。往里走是取卵的手术室。尤曦穿了一条宽大的布裙子,玻璃门打开的一瞬间,风吹动裙摆。尤曦走在微暗的通道上。孙安好发现尤曦瘦了很多。孙安好心里涌出一股强烈的难过和心疼,脑海闪现尤曦每到"危险期"早早回家准备丰富晚餐,以及刻意穿上情趣内衣的一幕一幕。孙安好大声叫住尤曦:"尤曦!"

尤曦回头,看到孙安好招手。尤曦走了回来:"怎么了?"

"没，没事。你把手机给我，拿进去碍事。"孙安好拉过尤曦的手，握了握，"我在大厅等你。"

"嗯。我过去了。一会出来再说。"尤曦读懂了孙安好眼里的柔情。

"记住哦，尤总。"孙安好挥手。

"记着了，孙教授。两个字。"尤曦故意不说完。

"放松。"孙安好补充道。

"你也放松。快去！听，大屏幕在叫你了，孙安好，三号取精室。"

玻璃门关上，孙安好回到大厅上，叫号的屏幕上闪动着自己的名字。

又是三号取精室，老地方。

孙安好完成了有史以来最轻松的一次任务，连白炽灯泡都忘了用红包套住。

孙安好轻轻拉开连接实验室的小窗子，把盛有黏稠液体的小杯子放在台上，然后轻轻地叩了叩隔着的窗户，口齿清楚地说："你好，医生，已经放这里了啊。"

孙安好洗完手，坐在椅子上。他突然不想那么着急离开取精室。他突然想安静地坐一会。他在想，这次任务为何如此顺利？是环境熟悉，还是流程轻车熟路？孙安好觉得都不是。应该是一切听天由命的过程开始了。是啊，接下来，自己很难再发挥作用。发挥作用的是那一小杯子玩意。全世界的试管婴儿的成功率都不是百分之百，成功与否跟医学技术、手段、女方身体、心情、心态有莫大的关系。一切都还要看运气。然而世界上最难把握的，就是"运气"这东西。谋事在人成事在天，那就等吧。孙安好长长舒了一口气，然后起身、离开。

跟上次一样，离开取精室的时候，孙安好又忍不住折回连接实验室的那个小窗口，拉开一看，嗯，那个小塑料杯子已经被取走了。

回到大厅，这一次是漫长的等待，足足等了三个小时。

十一点半，尤曦才出来。

"取了十二个，不多也不少。"这是尤曦的第一句话。

"过程很痛苦，不过尚能忍住。"这是尤曦的第二句话。

孙安好不好细问怎么个痛苦法，只好轻轻拍着尤曦的手背："放松、放松，休息一下。"

"我在手术室里已经躺了半个多小时了，回家吧。"尤曦说。

倒是在开车回家路上，尤曦自顾自说了起来："我进去手术室，排第六个。进去先要各种冲洗，然后在休息室里静静等待。我刚一进去休息室，第一个人就出来了，那个人看上去好痛苦，走路都恨不得东倒西歪的。大家就过去扶她坐下。看她痛苦得龇牙咧嘴的，大家心里紧张了，也不好意思问她取了多少个卵子。半个多小时后，第二个人出来了，那个人跟吃完早餐回家似的，轻松得很。这时候大家心情一下子又放松了，问那个人取了多少个，她说三个。看来，取卵痛不痛跟取出的个数一样，每个人都不一样。这么一想，又紧张了，谁知道轮到自己会如何。"

孙安好"嗯""哦""啊"地回应着，他最想了解尤曦当时的情况。

尤曦继续说："轮到我了，我是最后一个。休息室里空荡荡的，白墙、绿色地板，还有丝丝作响的冷气。当时我就觉得，这种手术其实应该允许家属进来陪护的，至少可以在休息室里陪护、迎接。"

"晕倒！这时候你还想这些！我明天替你给医院提个建议。"孙安好腾出掌方向盘的一只手，跷起大拇指。

"具体手术就不跟你细说了。简单说，一个探头进去，一根针进去，把左右卵巢上成熟的卵子吸出体外。"尤曦好歹是做教育的人，知道什么时候该简要述说。

尤曦讲得越简短，孙安好心里知道那过程肯定就越漫长。因为进去的不是空气不是水，是探头、是针头。自己"取精"路上遭遇的不堪和痛苦，跟尤曦这一遭相比，一定是小巫见大巫。

三天之后，生殖中心通知去移植。

哈，可以移植了！这是开心的事。孙安好头天晚上彻夜无眠。原来，这个世界上还有另外一个孙安好、另外一个尤曦，那就是他们各自体内分泌的精子和卵子。另外一个孙安好和另外一个尤曦，过去几年，擦肩而过了多少次！一个月危险期九天，至少嘿咻六次，也就是说至少六次擦肩而过。算下来一年就有七十二次擦肩而过。备孕三年而不得，那就是两百多次的擦肩而过。如今，在实验室里，他们终于微笑点头，继而拥抱不再分开。这是多么久多么久的久别重逢，这是多么多么艰难的"念念不忘必有回响"。

孙安好心潮难以平复。但他又不敢动，生怕影响了尤曦的睡眠。侧头看到熟睡的妻子，孙安好自己起身，摸到书房里，借着窗外的微光，把移植需要的各种证件规整了一遍。其实，那些资料早就整理好了。孙安好只是做了一次确认。

一如既往地，七点半到达生殖中心。

提交资料、核实身份、签字，然后解冻胚胎。

取卵时没出现的"王妈妈",移植时出现了。

"配了六个胚胎,今天移植两个,剩下的四个继续冻着。""王妈妈"说话永远是干脆利索,没有废话,"一会要移植的是两个一点五级八细胞,是优质胚胎。经过复苏后,一个保持原样,一个降级到二级六细胞。"

这专业术语听不懂,除了"降级"二字。

没等孙安好提问,"王妈妈"说:"二级六细胞,依旧属于优质范畴。"

孙安好再次把尤曦送到玻璃门前。

尤曦把手机交给孙安好,眉毛一挑:"放松。"

"放松。"孙安好应着。

孙安好回到大厅,坐在椅子上,脑海随即泛起鲜活的胚胎如何一步一步进入子宫,并且自成一体。子宫,那是万千生命的第一个家,柔软、温暖、静如深海。

持续的激动,让孙安好坐立不安。他起身下楼买了一瓶水。买完后又立即跑回生殖中心。

孙安好跑回来是对的,因为五分钟之后,胚胎移植完成了,尤曦躺在一张小床上,被护士推了出来。

尤曦从进去到出来,时间不过是四十分钟。

"推到隔壁的休息室去,再躺着不动一小时,然后就可以回家了。"护士交代孙安好,背法律条款似的,"第一,回家不需要长时间卧床,但要避免剧烈的运动及大幅度的身体扭动;第二,如果工作是以坐姿及办公作业为主的,就没什么影响,完全可以胜任,如果工作是以体力劳动为主的,则建议休息一段时间;第三,至于休息到什么程度,建议以不增加精神压力、心理负担为准,但一定要避免卧床不起。"

"等等,吃的方面要注意什么?"孙安好追上去问。

"第一,移植后饮食要合理安排,才能让胚胎的着床和发育更为顺利;第二,可以多吃蔬菜和富含蛋白的食物,不宜进食生冷、辛辣等刺激性的食物,也不要抽烟喝酒;第三,避免进食过多的进补食材。"护士极为流利地又说了三点。估计这样的话,她说过成百上千遍。

床上的尤曦,看上去确实很放松。

床一固定好,尤曦就跟孙安好汇报刚刚发生的一切:"进去后,第一步清洗,第二步王医生把试管里的胚胎放进去,前后过程五分钟,没有什么不适感。放好后,平躺了十分钟,然后就推出来了。"

"呼!想象中,移植应该是最大的工程,想不到如此简单。"孙安好理理尤曦掉下来的头发。

"看得出来我哭了吗?"尤曦轻轻一问。

孙安好这才看到尤曦眼角有一抹泪痕。

"进去之后，王医生的助手先跟我核对资料，然后再跟胚胎室的工作人员核对胚胎资料，准备工作做好以后，助手医生把房间的灯关了。这时，胚胎从一个小窗口递出来，交给王医生，助手把一个写着我和你的名字的透明盖给我看，证明移植的是我们的胚胎，看到我们的名字，想着一个新鲜的生命要和我合二为一，我眼睛湿润了。"

孙安好一时不知道该说些什么安慰的话。倒是尤曦自己说了一句："放松。"

"放松。"孙安好揉揉尤曦的眼角。

胚胎移植到母体里，需要的是安营扎寨，所谓"着床"和发育，然后十四天后返回生殖中心抽血、验孕。

那是必须重视的十四天。走到这一步，太不容易。尤曦是彻彻底底休了两个星期的假，静养。

时间又拨回当年备孕时的"危险期"。生活节奏又恢复为：尤曦早早下厨，把一天三餐的食谱安排得有声有色；吃饭的时候，客厅响着曼妙的轻音乐；豆腐、虾皮、海带、牛奶和酸奶，涵盖谷物、蛋类、肉类、蔬菜、水果，丰富而多样；晚饭后是半个小时的散步，走走停停，碰到椅子坐一会，看十五的月亮，仰望最远的星星，感受时间在风中流逝。

回到家，孙安好把电脑里下载的很多电影都删除了。那都是一些悬疑电影。孙安好担心尤曦独自在家会看这些有可能让人紧张的电影。尤曦最大的爱好就是看电影，还有美剧。孙安好把书架上一些重口味的书也放进了柜子，还用衣服盖着。那些书有《离奇死法大百科》《图解黑魔法》《凶年纪事》，等等。

孙安好做这些事情的时候，觉得自己有点可笑。实在过于敏感啦！但孙安好还是坚决地把电影删了、把书藏了。

尤曦也是坐不住的。有一天上午，孙安好突然接到尤曦电话："快看我给你发的图片。"

打开微信，哦，尤曦在家里用验孕棒自测。

一道粉色杠，但很淡。

淡如水洗过一样。

但确实有颜色。

"这是中招了的意思吗？"孙安好问。

"不知道。就是想告诉你。"尤曦回复说。

"好好休息吧，别测了，过几天要去医院抽血了。"

"嗯。"

颜色，代表希望。这淡淡的粉色，令孙安好急切地期盼抽血验孕日早点到来。

移植之后的第十四天,孙安好和尤曦比平时早到了半个小时。七点就到了生殖中心。

大厅里没有一点变化,有新面孔,也有老面孔,似乎连里面的空气流动都一样,左右两侧的空调吹着风,风流向各个走廊。偶尔,通向手术室通道的那扇玻璃门打开,会有一股强烈的穿堂风灌入,短短一瞬之后,气流又会恢复原有的走向。

唯有孙安好和尤曦心中的气流正在激荡、起伏着。

一个护士给尤曦抽血:"今天验孕了,先预祝你好运。昨天两个来验孕的,都中奖了,你运气也不会差。"

"谢谢。"尤曦伸出胳膊,针还没到,只见她的身体抖了一下。针进去了,尤曦闭上眼,直到护士说,"可以了。两个小时后,去王医生那里拿结果。"

"我想好好吃个早餐。"尤曦放下衣袖,自己慢慢走出生殖中心。路过生殖中心门口才发现,之前玻璃屏风前的那棵幸福树不知何时被移走了。屏风前光秃秃的,一点美感都没有。

医院周边,吃的很丰富,豆浆、油条、粉、面、粥都有,还有西餐。尤曦去了西餐厅。不用说,她图的是清静。要的是果酱面包、鲜牛奶和一份小甜饼。西餐厅里放的是钢琴曲。望着落地玻璃窗外的熙熙攘攘,尤曦说:"这是理查德·克莱德曼的经典钢琴曲,我要好好听听。"

孙安好不好打断尤曦,自己去找了一份报纸翻起来,那都是一些索然无味并且过期的新闻。看着报纸,孙安好也是思绪万千:"时代真是变化大啊,一只手机居然代替了神圣的报纸,怎么也想不到,人居然可以不用看报纸了。一样的,今天居然这么多人为了生个孩子大费周折、大伤脑筋,按老一辈说的,生孩子不就是放个屁一样轻松的事吗?"

西餐厅里的音乐突然由清雅的钢琴曲变成了忧伤的大提琴。尤曦站起来:"走吧,时间差不多了。"

孙安好买完单,跟了出去。穿过门诊部,医院人山人海。有人哭丧着脸,有人有说有笑。尤曦在前,孙安好在后。一辆急速的平板推车冲出来,上面躺着一个头脸缠着白布的人。"让一让,让一让。"护工急切地叫着。

孙安好快步走上去,拽住差点被平板车蹭到的尤曦。

"快点,时间到了。"尤曦加快步伐,正好碰上一部空电梯打开,不到一分钟,"叮",生殖中心到了。

诊室里,"王妈妈"招呼孙安好、尤曦坐下,然后把门关了。"王妈妈"掸了掸白大褂。其实白大褂上面并没有什么灰或纸屑什么的。

"刚才吃早餐去了？""王妈妈"低头拉开一个抽屉。

"嗯。吃了一个慢条斯理的早餐。"孙安好回答。

"生活就应该慢条斯理的。咱们都太忙了。""王妈妈"手里拿着半张 A4 打印纸大小的纸片。那是报告单。

"很遗憾。""王妈妈"把报告单推到孙安好面前，"这次没怀上。"

"什么！没怀上？！"孙安好的心里咆哮着。

眼前一片模糊！孙安好感觉眼前的一切都凝固了，空气凝固了、窗外阳光凝固了、对面的王医生整个人凝固了、自己和尤曦也凝固了。

很久后，孙安好的嘴才动了一下，出来轻轻一声："哦。"

接着，一眼看到了报告单上的一个大大的"阴"字。

尤曦也瞟了一眼。她没有动报告单，看着"王妈妈"问："有一天，我测过，是有粉色杠的。"

"实验室会有一个医学分析报告给你们。但我们要做的事是，面对现实，从头再来。从头再来有两个方案，一是一个月后继续移植冷冻的胚胎，二是三个月后重新取卵、取精，移植最新鲜的胚胎。"

尤曦没有说话。

孙安好没有说话。

王医生也没有说话。

这个时候说再多都没用。孙安好推了推尤曦："好，我们商量下，谢谢你，王医生。"

走出生殖中心、按电梯、下地库，坐进车里。

孙安好扣上安全带，发现尤曦几次扣安全带都没扣上。孙安好偏过身子帮她扣好。

尤曦望着车窗，玻璃反光着她的低落。这个时候，说再多安慰的话都无济于事，孙安好只好稳稳地驾着车，红灯停、绿灯行、黄灯等待。这期间几次等红灯，孙安好开了小差，觉得自己和尤曦的成长经历其实都挺顺，家庭和睦、父母双全、学霸受宠、名牌大学、一线城市、优质工作、收入不错。在生孩子这件事上，不是上帝睡着了，而是上帝为了把持公平、故意找茬。

"怎么办？继续战斗。"绿灯起，孙安好踩油门，冲出斑马线。

终于到家了。

打开家门，门合上。尤曦突然反过身来，双手紧紧箍住孙安好。孙安好耳边响起无力的哭声。

　　孙安好抱着尤曦，抚摸着她颤动的肩背。很久后，等尤曦渐渐平静下来，孙安好说："你去好好休息一下，睡一觉。"

　　"不，我想跟你谈谈。"尤曦在耳后说。

　　"谈谈？谈什么？"孙安好有点懵。

　　"谈下一步的打算。"

　　"你有什么打算？"

　　"继续。"

　　"好，继续。"孙安好缓缓吐了一口气。有什么比夫妻同心更令人欣慰。

　　孙安好转而把自己在路上开的小差讲给了尤曦听："这是上帝的考验，也是孩子的考验。"

第四章 "宫内好运"第二次密谈

"宫内好运"微信群有人发消息。一看,是李丙运。

"钱总、孙大教授、赵先生,有空吗,今天晚上来水库我的鱼塘吧,继续全鱼宴。大家好久不见,聚聚喽!"

"啥意思?李丙运种上了?"这是孙安好第一反应,但话肯定不能这么问。

钱其内回复了:"那就聚聚。今晚见。另外二位也来吧,随意聊聊。"

孙安好也答应了。答应的原因,第一,正好下午在分校区有课;第二,也想刻意回避下尤曦,不然两口子除了上班就是共居一室大眼看小眼,一切言行举止都离不开"怀孕"两个字：吃什么是为了怀孕，用什么也是为了怀孕，防污染、防辐射，起居、洗澡、走路、上楼、下楼都是为了怀孕，注意这个注意那个，连说话都要为了怀孕避讳一些不吉利的词语，如"流失"、"垮掉"等。适当分开，大家都轻松一点。

赵一官，仍然没回复、没动静。

傍晚的水库公园，何其静美！一抹绸布一样的晚霞缠绕在天边，颜色由猩红逐渐暗淡成褚红，最后黑成褐色。有群鸟在头顶掠过，翅膀扑腾的声音清晰可见。晚饭时间，休闲的市民早已离去，偶尔见有人在林中跑步。由远而近传来蛙鸣，呱呱作响，既打破了宁静，又让宁静显得更宁静。

"这环境！下次要叫尤曦来，散散步，呼吸一下负离子。"孙安好心里想着。

李丙运早早就在荔枝林前等候，看到孙安好，大力挥手："嘿，我们的孙大教授来了！"

钱其内早到了。

赵一官，没来。

李丙运的妻子照例穿梭于厨房与鱼塘前的空地之间，时不时给石桌上的功夫茶添加热水。

"赵一官先生又没来?"孙安好坐下石凳,说了一句。

"一直没有回复。"李丙运又拨弄了下手机,看了微信群,"我单独加他,他也没通过。"

"这个神秘的赵先生。"钱其内也看了下手机。

李丙运叫大家聚会,肯定有他的原因。简单聊完赵一官,一杯烫嘴的功夫茶喝下去后,孙安好、钱其内都等着李丙运开门见山。

李丙运故意憋住自己的话题,倒是先问起大家来:"钱总,孙大教授,你们成功没有?"

钱其内先是身子往椅背一靠,然后抱着手,头斜斜望着黑下来的天空,最后缓缓摇头:"没有。"

李丙运轻声一"哦",然后又问:"孙大教授呢?"

"没弄成。"孙安好前倾着身子,端着新倒的一杯茶,"就差一点点。"茶杯很烫,说完,孙安好赶紧放了下来。

李丙运没说话,自己起身,钻进厨房去了,足足有五分钟,才出来。在外面的孙安好和钱其内一时找不到什么话题,颇有点尴尬。好在天色如墨,互相看不仔细对方的神情,也就应付了过去。

李丙运回来了:"让我老婆现撬了几十个生蚝,你们还是要补补。我运气好,老婆怀上了,今天是第六周了,第二次

B超通过了。"

"哇，祝贺，祝贺。"孙安好、钱其内不约而同举起茶杯。

"谢谢，谢谢。"李丙运捏着茶杯一一碰杯，"你们会接着我的好运气的。"

这话说得让人高兴，吉利。孙安好、钱其内脸上肌肉松弛下来，怄在肚子里的一股闷气，一呼而出。正好，全鱼宴上来了。李丙运老婆轻轻说："慢慢吃。烤生蚝，还得二十分钟。"

"让你老婆一起来吃点，别累坏了。生蚝不着急，一会我们自己烤都行。"孙安好夹了一块鱼，对李丙运说。

"没事没事。刚怀上，不碍事。这在我们乡下算什么！我母亲生我的时候还在地里干活呢。"李丙运说，"我们农村人没那么娇气。"

"不能这么比。时代不同了。孕妇还是要多多注意，劳逸结合吧。"孙安好说。

"我同意孙老师孙教授的观点，时代不同了，你还是要注意下。"钱其内把西装脱掉，甩在空余的石凳上，两手一抹大腿，裤管提了上来，露出毛茸茸的腿肚子，"我也是农村长大的，那时候哪里听过生孩子困难这种事，比我们大一轮的那些人都是一年生一个、一年生一个，下蛋似的！另外，多少人为了要儿子，竟把刚生下的女儿给送出去，甚至

第四章："宫内好运"第二次密谈

直接丢到山沟沟里,现在想想真是作孽。"

"对对对,你讲的是实际情况,我们那里还有把女婴直接溺死的。"李丙运抢过话说。

"对吧。以前农村生孩子,下蛋似的。现在呢?情况也变了。农村里不孕不育的情况也开始多了起来。原因其实很简单。"钱其内一边说一边放下裤管,因为桌子底下有蚊子,"现在农村的年轻人都长年在城市里打工,他们的生活方式、作息时间,一样也是晚上不睡早上不起,生活环境一样呼吸雾霾、被各种辐射侵害,他们很多人在工厂工作,长时间加班不算,更可怕的是各种有毒气体,这些因素都会导致人的精子质量下降,都会导致不孕不育。问题是,他们不会重视这个问题,因为他们还是觉得生孩子嘛,就跟吃饭喝水一样简单、自然。"

孙安好没有农村经验,只有听的份,但确实觉得钱其内分析有道理:"我补充一点,我在大学里,习惯做研究,尤其是生孩子困难这事发生在自己头上后,我认真做了一些调查和分析。第一,有组数据值得警惕,国家卫计委相关部门有一个统计,中国二〇一六年约有近四千五百万不孕不育症患者,而且每年以数十万的速度递增。统计到二〇一六年,全国有育龄夫妇约二点四亿人,不孕不育发生率大概在百分之十二点五到百分之十五,也就是说,每八对育龄夫妻中就有一对不孕不育患者。这个数据很可怕。第二,中国的不孕不育为何这么多?刚才钱总讲了一些,我再归纳一下。一,自然生态环境被破坏,空气污染、电子产品辐射、食品添加剂滥用都在悄然无声地影响着人的生育能力。二,生活节奏、工作压力、不良生活习惯等因素,直接或间接影响男人的精子质量和女性的排卵功能。三,人工流产现象随处可见,并且不被当回事,也导致了女性不孕症增加。人民网有个新闻,中国孕育工程发布的,说不孕不育发病原因中,单纯女方因素约为百分之五十,单纯男方因素约为百分之三十,男女共有因素约百分之二十。"

还有些数据,孙安好记不得了,暂停了下来。

"孙大教授讲得太好了,尤其是人流这一点。"李丙运插嘴,"你看公交车上那些广告词,'今天人流,明天上班''梦里无痛三分钟,去除烦恼好轻松''某某某无痛人流给您留下美好的回忆''高高兴兴人流去',跟玩过家家似的。"

"唉!"钱其内一声长叹。

"还有,我还没说完,第四,现在的人要孩子都很晚,错过生育黄金时期。女性的黄金生育年龄是二十到三十,三十五以后怀孕的成功率大大减少,而且自然流产概率大大增加。可是，现在有多少女性能三十岁就要孩子？三十都还单着呢！现在女性受教育程度也高了，读完本科二十三四，如果再读硕士，二十六七才毕业，找人恋爱、工作稳定下来、攒房子首付，哪怕顺利，也得熬到三十岁。房奴一当上，还不敢马上要孩子，还要稳几年，时间很快就到了三十五。上帝永远给人出难题，社会进步了，但生孩子困难了。一困难，就是超级紧张、精力压力非常大，都知道'时间不等人'。越这样，心理压力就越大，心理压力一大，孩子就越难要到。这都是恶性循环、无解方程式。"孙安好说，"包括刚才你们聊的，关于农村的不孕不育，这个问题也挺棘手。你说你让现在的农村年轻人再回到农村，不孕不育的问题未必就能解决好，因为现在的农村城镇化了，农村跟城里人没啥区别，很多农村的田地都是包出去了的，他们一样要到超市里买米、买肉、买青菜，一样是自来水。但是农村菜市场里的青菜，很多是存在农药超标的，上午打的农药下午就拔出来卖了，而关于农药残留的安全问题，农村人没有那么强的观念，这方面的市场监督也是缺失或者不被重视的。包括农村的自来水的安全检测和监督，这都是需要重视的问题。所以我说，农村人回到农村，不孕不育问题未必能得到解决，因为过去那种山清水秀、田园牧歌式的环境不在了。"

"孙大教授,你这番高见真应该写成文章,寄到中央去。"李丙运激动地说。

"这可不是什么高见,很多人都认识到了。"孙安好摆摆手,"当然,咱们得相信这个东西会一点点变好,人们对生育危机的观念意识也会加强。"

"好在,现在的医学越来越发达,人工辅助生育、试管婴儿等技术能够解决一些问题。"钱其内说。

"还是不能靠这个啊,钱总。"李丙运说,"很多平民百姓是不敢去做试管婴儿的。"

"为什么?"钱其内问。

"你们经济条件好,从来没思考过这个问题。做试管婴儿花费之大,不是每个家庭都可以承受的。"李丙运说,"我一笔一笔算过,这次试管婴儿一共花了四万块出头。一次成功还算走运,要是一次不成,做两次,两次不成,做三次,十几万的费用啊。"

孙安好还真没想过钱的问题,估计钱其内更加没有关心过:"你说的是事实。人工辅助生育、试管婴儿都应该纳入到医保的范畴才对。"

"孙大教授,以后可以呼呼下。"李丙运翻了一截冒着热气的鱼尾,夹给孙安好。

"恰当的机会,要呼吁。因为这个事情涉及的人不是一个两个人,是几千万人、无数个家庭。"孙安好说。

李丙运妻子把生蚝端上来了。

李丙运把生蚝一分为二,孙安好、钱其内面前各码着一堆生蚝,小山似的。

"孙老师孙教授,接下来什么打算?"钱其内问。

"继续战斗。有什么办法呢。"孙安好把生蚝摆整齐,免得有的汤汁流下来,"你呢,钱总?"

"你和太太已经商量好了?"钱其内没有回答,追了一问。

"嗯。"

"那真好。我还要做我太太的工作,她太年轻,二十六七岁,没受过什么苦。上次做了一次后,想打退堂鼓了,主要是怕疼。也是,各种降调针、促排卵针,一打打半个月二十天,扎过的地方,西瓜皮一样,硬邦邦的,有时候都找不到肉扎了。"钱其内说。

孙安好点头说:"确实,做试管,受罪的是女人,关键咱们还帮不上什么忙。"

"疼也要忍过去啊,难道她不想做母亲?"李丙运给钱其内换了一杯热的功夫茶。

"年纪轻,做母亲的念头不会太强烈。她很多同学还主张'丁克'呢。"钱其内说。

"你们是老夫少妻，得花点时间沟通。"李丙运说，又改口，"你不老，主要是老婆年轻。"

"再努力一把。"钱其内把生蚝壳拨到一边，"希望这次我们都有好运气，孙老师孙教授。"

"必须啊，咱们是'宫内好运'！"李丙运说。

"宫内好运！"钱其内举着茶杯。

"宫内好运！"孙安好也举起茶杯，"赵一官先生一直没出现，也祝他'宫内好运'！"

接下来是三个月的调养。是的，尤曦选择了三个月后再取卵、移植新鲜胚胎的方案，她说："促排卵吃的药、打的针，不少都是有激素的，对卵巢、子宫、身体都有影响，先让身体恢复三个月吧。"

"熬了这么久，也不着急这两三个月了。"孙安好也倾向这个方案。连续为这一件"小事"折腾几年的时间，孙安好甚至都有一种"不去想它了"的念头："爱咋的咋的！"

太累了，太磨人了。

但面对妻子，孙安好还得假装平静，还得乐观，还得面对现实、接受一切，还得"运筹帷幄，一切尽在掌握之中"。

估计尤曦的内心戏也是如此：不得不理智，不得不耐着性子，不得不等着时间给答案。

有时候，孙安好也会反过来想这件事："如果我们很顺利地有了孩子，早上出去工作、晚上回来陪孩子、上幼儿园还要接送，还有没完没了的亲子作业，还有各种兴趣班，老人来了还得处理婆媳关系，保姆未必能请得到合适的，请不到合适的还担心保姆会不会打孩子、虐待孩子，这样的生活也够累的，怎么还有现在这样的二人世界，怎么还可能每天晚上安安静静看书、看电影，怎么还可能晚饭后迎着月光散步一小时。如此忙乱、烦琐的家庭生活，会不会让人心生逃离，这一逃离，会不会外遇和出轨，这一外遇和出轨，婚姻会不会因此危机重重、土崩瓦解。这不是没有可能，一切皆有可能。"

孙安好这么想着，心也就静了下来："为了'生孩子'这个共同的目标，夫妻紧紧捆绑在一起。男的封山育林，女的安静调养。工作靠边站，生活极规律。早睡早起、吃饭准点、烟酒全戒、每日锻炼，应酬几无，家是待的时间最多的地方，真有点彼此厮守、举案齐眉的味道。你别说，这么规律下来，医院一检测，身体的各项指标还真有变化，变好了。"

晚上睡觉的时候，孙安好把自己给自己做通的思想工作，分享给尤曦听。尤曦听完，呵呵一乐，紧接着调侃了一句："一切都是最好的安排。"

尤曦能调侃，说明她已经走出试管婴儿手术失败的悲伤情绪。孙安好附和着："嗯，一切都是最好的安排，咱们享受之。"

"那好，明天你下厨。"

"没问题。请你吃正宗西餐。"

"什么正宗西餐？"

"麦当劳。"

"呸。"

玩笑开完，孙安好跟尤曦说起"宫内好运"三人在水库公园聊天的事："咱们得有信心，你看李丙运老婆都怀上了，她和你年纪一样大。就是不知道那个企业家、大老板钱其内如何了，不知道他那二十几岁的年轻太太会不会有耐心再做'试管'，钱其内四十好几了，'着急'两个大字写在脸上，一边一个。"

"二十几岁的小姑娘呐，真是难为她了。"黑暗中，尤曦侧过身子贴着孙安好。

"有什么难为！生殖中心大厅里，很多人都是二十几岁。这个东西又不是三十几岁、四十几岁的人的专利。钱其内说，她就是怕疼。"孙安好也侧过身子,"对了,疼吗?"

"很疼谈不上,可能取卵有点疼,但这也是因人而异的,何况取卵还可以上麻药呢。小女孩可能还是觉得麻烦。另外一个原因,就是你刚才分析过的,小女孩内心深处对孩子的渴望不如我们这么强烈。"

"但是钱其内强烈啊。"

"要不我们去给他们做做工作?"

孙安好被尤曦的这句话吓到了:"这种事,怎么好主动去做工作?除非人家邀请咱们。"

"那倒也是。我这做教育行业的职业病犯了,总想说服人。"尤曦翻回身子,叹息一声,"家家有本难念的经哪。"

哪料到,第二天,钱其内联系孙安好了,发的是微信:"孙老师孙教授,下午六点半,老地方'潮之悦食府',有事相求。如能带上太太来,正好。"

"这闹的是哪一出?"孙安好嘀咕着,把微信截图发给尤曦。

尤曦回复语音:"没准钱总就是想让咱们给他的年轻太太做思想工作呢。"

"有这么巧的事?钱总昨晚偷听到了我们的夫妻夜话?"

"去吧。正好跟着你蹭顿大餐。算是你请的大餐。"

孙安好和尤曦六点半准时到达"潮之悦食府"。夜幕降临的"潮之悦食府"可谓金碧辉煌，铺着厚厚羊毛地毯的休息大厅里，四处走动着穿着讲究的男男女女。比筷子还长、比拳头还大的澳洲大龙虾在玻璃缸里爬行，目视着一拨拨高谈阔论的人们。每次进到这些高档的场所，如五星级酒店、私人红酒廊、雪茄吧，包括像"潮之悦食府"这种吃一顿下来人均上千的酒楼，孙安好常常有一种感觉，那就是自己仿佛来错了地方。因为这些地方的人，总是那么亢奋。他们穿着专门定做的衬衫，有着挺刮的领子。领子衬着他们坚硬有力的脖子。从身后看，他们对着落地玻璃，对着玻璃外麻秆一样的高楼大厦，指点江山、激昂不已，仿佛人人都在谈一两个亿的项目，随时宣布一个新世界的诞生。而孙安好永远都在计划着一些小得不能再小的事，比如明天的课如何换个开场白，周末跟尤曦去哪里散步，定期问问父母的身体，最大的事也不过是翻翻日历记下什么时候要去医院开始新的一轮检查，并且及时在网上预约。

如今，来到城中最奢华的"潮之悦食府"，有可能聊的还是生孩子这档子日常小事。

果然！没错，就是关于生孩子的事。

钱其内早已在包房里恭候了。

他的年轻太太还没出现。

"尤曦,我太太,做英语教育培训的。"孙安好向钱其内介绍完,接着介绍钱其内,"钱总,大企业家,也是我们的战友。"孙安好开始想说"群友",觉得不如"战友"亲近。

"'战友',说得好,在生娃的道路上并肩作战。"钱其内没有过多寒暄,开门见山了,"唉,老夫少妻麻烦多,孙老师孙教授,咱们上次在李丙运那里聊过之后,我就回去做我太太的思想工作。"

"结果如何?"孙安好问。

"抵触情绪很大,严重的抵触情绪。"

"你之前不是说过,她年纪是小,但还是很尊重你的吗?"

"唉,此一时彼一时,得具体问题具体分析。"

"她不愿再做'试管'的原因,就是怕疼?不至于,还可以忍受的。"尤曦说,"我可以跟你太太沟通下。"

"还有别的原因。"钱其内微微一叹。

"别的原因?不就是你的那个质量不高、活力不够吗,这个择优提取,不就可以了?再说,你们胚胎都冷冻了。"

"不是那个原因。是新的原因。"钱其内说完,桌上手机响了,接通了,"子莱,六二六房。"

"我太太到了。一会你们帮我劝劝她,再坚持一次,再做一次'试管'。我真不想走地下代孕的路。"钱其内说话的时候，先看看孙安好，又看看尤曦，最后跳过两人头顶，望向窗外。室内安静，窗外车水马龙、霓虹闪烁。

"啥？代孕？这在咱们国家可是违法的，做不得，钱总。"孙安好坐直了，说得很认真。

没等钱其内说话，子莱——钱太太，到了。

"嘿，认识！"尤曦站起来。

"小曦姐！"子莱走向尤曦，轻轻一抱。

"有几次打针，我们排在一起，聊过好多，我们还互相加过微信呢。"尤曦坐下，算是解释给孙安好和钱其内听。

一身红裙的子莱挨着尤曦坐，两个银色的大圆耳环在灯光下晶莹闪闪。那确实是一张青春尚未褪色的脸。正如尤曦说的，二十几岁的女孩走上做试管婴儿的道路，想想，确实让人有点心疼。

"还化这么美的妆，不要孩子了？"尤曦盯着子莱的长睫毛问，"还戴了美瞳呐。"

子莱鼓了鼓眼，未置可否。

"我休养一个多月了，两个月后继续第二次。"尤曦继续。

孙安好觉得尤曦聊得挺好、娓娓道来，不愧是做教育培训的，也没插嘴，假装和钱其内叨叨一些国家大事、财经股票之类的。

"我可能没法自己怀孕了，小曦姐。"年轻人瞒不住，子莱开了一个新话题。

"啥意思？"尤曦问。

"我的卵巢不好，很难怀上。"子莱低着头，余光还瞟着钱其内。

哦，这就是钱其内欲言又止的"新问题"。二十几岁的人怎么会卵巢不好？这把孙安好难住了。

"医生都没说怀不上，医生只是说会有影响。"钱其内把"会有影响"四个字说得一停一顿的，"你老是那么悲观，你看看孙老师孙教授和你小曦姐，他们都是高级知识分子，学识比咱们高，小曦姐年纪还比你大，他们都很理性很乐观，哪像你，动不动就要找人代孕。"

"找人代孕还不是是希望尽快成功，实现有孩子的愿望。找人代孕，种子还是你和我的，又不是让你和别的女人生一个，只不过找了一个卵巢好的肚子来帮我们而已。"子莱情绪有点激动。

"可是代孕在咱们国内是违法的。"尤曦说。这也是孙安好最想说的一句话。

"这我知道。"子莱轻声应道。四盅盖着盖儿的汤上来了。

子莱打开盖子，自顾自喝了起来。

"不妨再努力一次。可以移植冷冻的胚胎，这样少了很多麻烦。没准这次就成了。"尤曦说得好像自己已经成了一样，语气温和、坚定。

"我赞成你小曦姐的观点。再试一次。万不得已时，咱们再想别的办法。"钱其内用刀叉划开清蒸石斑鱼，给孙安好、尤曦、子莱一人夹了一筷子。

子莱幽幽一叹："让我再想想。"

"再想想。"尤曦看着子莱。

"唉，后悔啊。"子莱对着尤曦，说，"上艺术学院那四年，玩得太疯了，黑白颠倒，整宿整宿地熬夜、喝酒、抽烟、玩游戏，还过度吃药减肥，追求所谓'骨感'……"

"过去的事别说了。"钱其内继续分菜，"这道菜，八珍鱼肚羹，又叫'鸿运照福星'，大家鸿运啊！"

"鸿运"之后就是闲聊了。孙安好和钱其内正式聊国家大事、经济走向。尤曦和子莱聊起明星八卦、旅行出游。大家的谈兴在八点整正式结束。

回家路上，尤曦开车。孙安好抛出自己百思不得其解的问题："子莱二十几岁、年纪轻轻的，怎么就卵巢不好了？"

"你网上搜一下'卵巢早衰'，大把的介绍文章。"尤曦说。

第四章："宫内好运"第二次密谈　　115

孙安好一搜，打头的第一篇文章就是《女性为什么年纪轻轻就卵巢早衰》。孙安好跳着读了起来："现代女性由于工作、生活压力大，生活作息无规律等各种原因，造成原本年纪轻轻的女性出现了卵巢早衰的症状，甚至有一些花季少女也发现卵巢早衰，这是为什么呢？导致女性卵巢早衰的原因有哪些呢？一、生活习惯不好；二、心理情绪不好；三、过度减肥；四、环境污染；五、病毒感染。"

"子莱还有一件事，她今天没说。这件事可能对卵巢影响很大。"

"什么事？"

"她大学人流过，而且是两次。"

"哦。"

孙安好突然想起，上次"宫内好运"聚会，大家探讨不孕不育为什么这么多，其中李丙运极力声讨公交车上那些不良人流广告时，钱其内长叹。原来这长叹是有原因的。钱其内当时一定是想到了子莱的事。

第五章

钱其内的"丁克"弟弟

芒果垂枝，夏日即到，尤曦三个月的恢复期结束了。第二次试管婴儿再次启动。

到这里，关于试管婴儿这个说复杂复杂、说简单也简单的事儿，已经完全弄清楚了。

第一，试管婴儿不是在试管里长大的婴儿，不是医生护士每天给试管里喂点营养液，宝宝就长大了。试管婴儿真的不是无土栽培，也不是鱼缸养鱼。试管婴儿是医生从女方卵巢内取出卵子，在实验室里让它们与男方的精子结合，形成胚胎，然后转移胚胎到子宫内，使之在妈妈的子宫内着床、妊娠。除了培养胚胎、移植胚胎，一切都是跟正常怀孕是一样的流程。那为什么叫"试管婴儿"呢？可以简单地理解：正常的受孕需要精子和卵子在输卵管相遇，二者结合，形成受精卵，然后受精卵再回到子宫腔，继续妊娠。而试管婴儿，则由实验室的试管代替了输卵管的功能。

第二，试管婴儿是一项世界普及的医学技术，当然也是一项经过了漫长年月发展的医学技术。二十世纪四十年代，科学家们就开始在动物身上进行实验，一九四七年英国 Nature 杂志就报告了将兔卵回收转移到别的兔体内，借腹生下幼兔的实验。一九五九年美籍华人生物学家张民觉把从兔子交配后回收的精子和卵子在体外受精结合，而且他还将受精卵移植到别的兔子的输卵管内，借腹怀胎，生出正常的幼兔。他的动物实验结果为后来人的体外受精和试管婴儿研究打下了良好的基础。一九七八年七月二十五日，世界第一例试管婴儿 Louis Brown 在英国诞生，此后多个国家和地区都有了试管婴儿的诞生。现在全世界范围内已出生试管婴儿一百万例以上，中国大陆地区首例试管婴儿于一九八八年三月十日诞生，目前已经而立之年，身体与智力一切正常。在法国，还有一个医学研究小组专门做了一项研究。他们找来近四百名成长中的试管婴儿，年龄介于六至十三岁，研究小组专门对这些孩子的生长发育、生活及学习情况进行了密切的跟踪调查。结果表明，总体而言，试管婴儿无论是体格、患病率，还是智力，均与普通婴儿没有显著的差异。

第三，试管婴儿的流程就那几项：术前检查、建档、促排卵、女取卵男取精、培育胚胎、移植胚胎、验孕。验孕就是开奖，中奖了恭喜，没中奖自己决定是否重新抽奖。

现在，孙安好、尤曦决定重新"抽奖"。

"没什么好叮嘱的，你们身体底子本身都不错，就是运气还没到。一切按流程来，然后就是放松。"回到生殖中心，"王妈妈"说。

"放心，王医生。我们很放松。"孙安好微笑着说。

"你们是我最理想的患者，因为你们是高级知识分子，很多东西不必多解释。咱们相信医学、相信医生，也相信自己。""王妈妈"一边开单一边说。她的办公电话响个不停。

拿到单后，孙安好、尤曦回到了大厅。尤曦去抽血检查，孙安好坐在大厅里等候。

这是早上八点半的生殖中心大厅。医生护士有序忙碌着。大厅里坐得满满当当，有像孙安好这样来陪护的丈夫，还有钱其内那样的全程陪护或者监督的丈母娘、岳父或者亲生父母。越是人人安安静静，孙安好越觉得人人内心潮水暗涌。

那一定是一个非常复杂的过程,喜悦、悲伤、忧虑、迷茫、无奈、无助、坚定、憧憬。"生孩子是一场修行。修行要有耐性、要能甘于淡泊、要乐于寂寞。也许人类都太没有耐性了,所以上帝会使个坏,派个我们最渴望得到的人来磨炼我们。"孙安好的思绪实在有点跳跃,联想到八竿子打不着的地方。

突然,大厅里有动静!一开始大家都望向大厅的门口,随后就听到严厉的声音:"走!跟我们走!"

很多人站起来,涌向门口。孙安好也跟着到了门口。只见一个警察和一个保安反扭着一个中年男子的手。另外一个保安猫在地上,捡着一地的绿色名片。

"抓了个发小广告的。"人群中有人说。大家明白原委后,又回到了刚才的座位。

孙安好捡了一张被人踩过的小卡片。小卡片上写着:"试管代孕,试管供卵,性别可选,包生男孩"等字样,落款是"幸福港湾代孕中心",以及手机号码和微信二维码。

一个小小的骚动,让久坐等待的人有了些交谈的欲望。看到孙安好手里拿着小卡片,一个看上去年纪三十岁不到的小伙子凑了过来:"以前发这种广告的多了去了,现在终于有人来管管了。"

"我还真没注意到。"

"你今天走出医院留心下,路灯杆和公交站台上,都是这类小广告,代孕、供卵供精、性别鉴定。以前,医院的厕所里也有不少,有的是手写广告,有的则贴着名片,但很快会被清洁工清理掉。"

"我都是开车来的医院,一进就进到地下车库,难怪没留意到。"

"北上广深,包括杭州、南京、成都、重庆、长沙、天津、西安这些城市,这种小广告多如牛毛。"

"为什么呢?"

"这还不简单,大城市压力大,这方面的需求大,最关键,人有钱啊。"

"这玩意贵吗?"

"代孕,至少得四十万吧,可能还不止。"

"有保障吗?"

"那咱们就不知道了。你挺感兴趣啊!"

"了解下、了解下。"

聊天戛然而止。

孙安好问完后,突然想到钱其内。不知道钱其内和子莱有没有达成一致意见,是否也开始了第二次"抽奖"。如果没有,他们会不会直接拿着这些小广告找人代孕去了?

孙安好摸出手机，想问问钱其内，但又觉得不妥，便放弃了。

就在这时，一个声音从侧面传了过来："找地下代孕的，也并非都是有钱人，也有的是因为无奈。"

孙安好偏头一看，说话的人就在自己身边，是个男子，头发白了不少。

"有的女人，她的肚子就是没法怀孩子，或者怀上孩子的几率太小，但是她卵子还有，男方精子也还有，胚胎也可以培育成功，这些人是需要找一个功能健全的子宫代替十月怀胎的。这样的人不少，尤其是'伪丁克'一族，一开始不想要孩子，后面又想要了，但已经错过了生育时期。"

"为什么'丁克'会变成'伪丁克'？"小伙子来了兴趣。

"原因多了。"白发男子探出身子跟小伙子说，"有的人是受不了社会及家庭的压力，放弃丁克；有的人潇洒够了后，受不住寂寞，最终要了孩子；有的人则是为了工作晋升，因为很多公司，有家有口的员工，更容易获得重视，很多外企都是这样的。"

"最后一条，够新鲜的。"小伙子问了一句，"你是'伪丁克'？"

"呵呵。"白发男子的回答，让聊天再次戛然而止。

这时，尤曦也出来了。"抽了七八管血。"尤曦噘着嘴、站着，示意可以离开生殖中心了，"我要回公司一趟，公司要讨论薪酬方案，我得参加。"

听完，孙安好第一感觉是担心尤曦受累，但一想到这还仅仅是常规抽血化验，没有必要那么提心吊胆，按照正常的生活节奏来，反而是一种放松，便应允了尤曦。两人下了车库，孙安好把尤曦送到了公司，自己回家了。

"宫内好运"又聚会了。这次召集人是钱其内。

"有事相求。需要大家帮我费费口舌。老地方，'潮之悦食府'六〇六房。"钱其内在群里说。

"大老板请人费口舌？啥意思？让大家给他的生意项目打分还是支招？这都不是孙安好和李丙运的专长啊。赵一官？估计也不是生意人。"孙安好在路上琢磨着。

到了"潮之悦食府"，正好李丙运也刚到。两人一起上台阶，依旧嘀咕着钱其内的意图。"甭管了，钱老板的好菜好酒吃了再说。"李丙运推开旋转玻璃门，步伐没跟上，鼻子差点碰到玻璃上。

服务员帮忙敲开六〇六的门。钱其内，老位置，背对落地窗。夜幕降临的城市宛如一幅水墨画，把钱其多融了进去。

多了一个人，坐在钱其多的正面。他正低着头，应该是在玩着手机。

"来了，坐坐坐。"钱其多起身，站着，直到孙安好和李丙运拉开沉重的高背木椅、坐定。

几个月前，孙安好、钱其内、李丙运还是陌生人。要不是名字同时出现在生殖中心的叫号大屏幕上，也许他们永远都是陌生人，不会有任何交集。这个世界就是这么怪，他们因为名字的最后一个字组成了不孕不育群体最渴望的一句吉利话"宫内好运（孕）"而结识、相聚、交流、互动，甚至帮忙。他们成了朋友。这种朋友，没有利益来往，却非同一般。他们心里藏着共同的诉求和秘密。在某一点上，他们同为天涯沦落人，又是互相鼓励和祝福的战友。

坐下了，孙安好看清了多出来的人。是个小伙子，应该不到三十，头发蛮长，前面的刘海还用一个发箍箍着，穿着宽大的、有涂鸦图案的T恤。手腕带着密密麻麻的木头珠串。面孔黝黑，胡子刻意留成了山羊胡。

"这比赵一官的形象还艺术家啊。"孙安好想起穿蜡染T恤、破洞牛仔裤的赵一官来——在群里，赵一官只露过一面，从未参加过"宫内好运"的聚会——"这家伙，消失到哪里去了？"

钱其内发话了："来，其中，我给你介绍下，我的两位好朋友，这是孙老师孙教授，正儿八经的大学教授，这是李丙运，他在龙山水库有一大片鱼塘，是个地主。"

"两位哥哥好，我是钱其中。"小伙子站起来，腿把凳子往后一推，声音咔咔作响。好高大的一个年轻人。

"我亲弟弟。"钱其内补充。

"我亲哥哥。"钱其中一摆手，"今天要给我上课。"

"我不是给你上课，我让我两位朋友跟你聊聊，听听他们的观点。"钱其内语调是平的，但听得出他强忍着心中的不爽，故作轻松。

看来不是生意上的事，有点像家事。家事怎么扯上孙安好和李丙运了？孙安好和李丙运有点丈二和尚摸不着头脑，一脸懵，互相看了看。

"是这样。"钱其内解开谜底，"叫二位来，还是交流生孩子的事。我弟弟其中，刚结婚，六个月，准确地说差几天才六个月吧，现在老婆怀孕了，上周刚发现的，这是好事吧，他呢，却不想要，说要打掉。他老婆没主意，问我老婆。子莱转告给我，我一听，肺都要炸了！哪有怀孕了还不要孩子的！这他妈还是不是正常人！前几天我们两兄弟吵了一架。今天平息了，我想让二位谈谈你们对这个事的看法。

大家是好朋友,就随意谈谈,不是说要帮我说话,也不是要劝其中留住孩子,我没有这个意思。我就是想不通,正好今天空了,叫大家聚一聚。正好,其中也愿意听听大家的意见。我讲完了。"

恍然大悟。原来如此。孙安好和李丙运当然心知肚明,钱其内真实的意思肯定是让他们劝劝弟弟:"把根留住。"

"对了,补充一句,我弟弟搞艺术的,刚满三十,二十四岁毕业后就在上海开酒吧、开画廊,当然开得都不成功。"钱其内说。

"哥,你强调这个有意思吗?我搞不搞艺术,我成不成功,跟我想不想要孩子没有关系,OK?"钱其中筷子一戳,看着哥哥,反驳着。

"好,没有关系。你继续说。"钱其内目光也不避让,把问题抛给弟弟。

"我就是'丁克'一族,至少目前是。这没什么好说的。"钱其中把筷子放下,以为他真的没什么好说了,谁知他喝了一口茶之后,又自顾自滔滔不绝起来,"你总觉得我是搞艺术的,观念超前,其实根本不是,这是现实。现实是什么?现实是现代人生活压力大,自己都养不起,何谈小孩!有媒体测算过,现在养大一个孩子至少得花七十万元左右。这只是平均数！你生活在一线城市花费会更高，七十万元是远远不够的。像咱们，在北上广深，养一个孩子的平均成本大致都在二百万元以上。有人算过，如果你的收入属于中等，那么你不吃不喝，买一套一百平米大小的房子，在上海要三十一年，在北京要三十三年，在深圳要四十年，不要说养育成本了。不单我望而却步，我老婆她也一样，她对要不要孩子也是摇摆不定的，所以才咨询嫂子。"

钱其中说的话让人没法接！

李丙运含含糊糊接了一句："孩子还是要的。有钱有有钱的养法，没钱有没钱的养法。我就是没钱的，不照样要孩子。"

"李哥，你说得没错，但关键是，我们是另外一个世界，退无可退。"钱其中说。

"怎么个退无可退？"李丙运不解。

"嗯，这么说吧。你可以在水库里承包鱼塘、干活，我干不了啊。我一米八，但翻鱼塘我干得过你吗？再有，实在不济，你可以回到农村，还有地种。我退到哪里去？我户口落在大城市了，家里没地，我退来退去还是大城市。我不能跟你比啊。"钱其中对答。

"你还有你哥哥。你哥哥企业做这么大。"李丙运说。

"打住！"钱其中做了一个暂停的手势，"我从来不啃老，更不啃兄，我自食其力。"

"这个钱其中，有个性。"孙安好在心里给钱其中点了个赞。

菜上来了。钱其中配合服务员把汤端上转盘，一一摇到孙安好、李丙运，还有他哥面前。

"孙老师，你怎么看我的问题？"钱其中主动发问。

"我有两个观点。第一个观点，我还是希望你把孩子生下来。为什么？因为孩子已经怀上了。怀上了，他就是生命。我们要尊重生命和生命权。肚子里的孩子有继续活下来的权利，我们是不能无缘无故剥夺他的权利的。你说的生活压力大，这是一个理由，但不充分。生活压力大不应该成为扼杀孩子生命的理由，这太草率了。咱们再扯远一点说，这个生命是你和你老婆的，但从更广的意义说，他也是整个家族的，因为他血脉相承。你搞艺术的，从西方人的角度，这个孩子不仅属于你们夫妻，还属于上帝。所以我建议你不妨慎重一点。"

"好，鼓掌！说得好！"钱其内拍起巴掌，很用力。李丙运放下汤碗，也跟着鼓掌。

钱其中则平静地说："孙老师，你继续，第二个观点。"

"我要说的第二个观点是，对于很多选择不要孩子的'丁克'或者'伪丁克'，我是理解的。"孙安好继续。

"等等，什么叫'伪丁克'？"钱其内打断了一下。

"我知道，孙老师你说。"弟弟钱其中跟了一句。

"'伪丁克'，就是头十年口口声声不要孩子，但岁数大了以后，又反悔了，然后各种办法赶紧要孩子。这种现象也很多。有人是经济条件改善了，有人是观念改变了。"孙安好说。

"确实有这种情况。"李丙运说，"可是后悔就来不及了。"

"孙老师，你继续说。"钱其中生怕话题被他哥哥和李丙运岔开了。

"我就想说：我为什么理解'丁克'呢？要知道，民众生育意愿和生育行为是受经济社会因素影响的。像其中说的，现在很多人不打算要孩子的原因主要是养育成本高、托育服务短缺、女性职业发展压力大等。不就有人吐槽吗，以前生孩子是'多子多福'，现在呢，'多子多穷'。这也不是吐槽，是实情。你看，从孩子出生起，进口奶粉、各种婴儿用品，包括车里随随便便一个安全座椅，就可以去掉工薪阶层半个月甚至更多的工资；孩子三岁后要上幼儿园，还有各种兴趣班，花钱更是海了去了，你知道报个乐高班、玩个破积木要多少钱吗，一年两万；好不容易要上小学了，'学区房'这三个可怕的字眼又摆在了眼前，从此当起资深房奴。随后的小学、初中、高中、大学，确实让人倍感'压力山大'。如果说以前生养孩子有一个重要的动力是'养儿防老',但随着养老社会化的普及和养老观念的改变,人们已逐渐不指望孩子承担养老的责任了,所以生孩子这个动力正在消失。"

这次轮到钱其中大力鼓掌:"孙老师,你说到我心坎上了,你分析得太对了。我敬你一杯,用茶。"

钱其中一激动,茶没端稳,洒了一半。

钱其中这一鼓掌、这一敬茶,让孙安好尴尬。要知道他哥哥的目的是让孙安好当说客的,要说服钱其中把孩子生下来。

孙安好自然不忘使命:"你别激动,其中。我最后总结下,我理解'丁克',但是如果孩子已经怀上了,我的观点是,要把孩子生下来,因为我们要尊重生命、敬畏生命。"

这话说圆了!

"我同意孙老师孙教授的观点,尊重生命、敬畏生命。"钱其内举着茶杯。

"我也同意孙大教授的观点,尊重生命、敬畏生命。"李丙运跟着站了起来,举着酒杯。

"我很高兴听到孙老师的意见。"钱其中站起来。

四人茶的茶、酒的酒,有了一次碰杯。

"其中,今天就是平等交流,你好好消化下两位哥哥的谈话。"钱其内保持着大哥风范,"之后,决定权在你。我尊重你的选择。"

"好。"钱其中喝完酒,猛地吃了一阵子菜,然后以"约了朋友"为由先撤了。

剩下三个老群友。

钱其内一声叹息:"我这弟弟,性格有点怪。"

李丙运也跟着叹息:"我们为了要孩子拼了老命,恨不得天天烧香拜佛,他们有了孩子居然不想要,真是想不通啊想不通!"

"这可能成为一个趋势。"孙安好拿出手机,点开自己收藏的一篇文章,念了起来:"你知道吗,二〇一七年中国出生人口数为一千七百多万,出生率仅为百分之一点二四,'全面二孩'政策实施后,实际出生人口低于国家卫计委的预测。而从世界银行二〇一四年发布的所有其他一百九十九个国家和地区的生育率数据来看,中国的生育水平是全球最低的。"

"唉,这几年回老家,我也注意到了。"李丙运说,"我一表嫂,是妇女主任。往年,妇女主任很忙。忙什么?计划生育。宣传政策、落实指标、查漏补缺,等等。妇女主任工作难做,里外不是人。一方面,要跟乡亲说好话,表面上还得维护乡亲;另外一方面,上头有任务、要数字,要交差。但这几年我就发现,妇女主任悠哉多了。原因,从表嫂口里说出来，很简单：现在的年轻人，你让他生，他都不生了。我随便抓了几个年轻人问，几乎没有说要生三个的。一般来说，在农村，如果头胎是女儿，肯定要生二胎，如果二胎还是女儿，算了，不生第三个了。生男生女都一样，想开了。如果头胎是男孩，没赚到钱的，不一定会生第二胎。他们很会说话的：生那么多干什么？生下都是留守儿童，生多了害了他们。"

"生多是问题，不生也是问题。人口减少，对于一个素来以'人口大国'著称的国家来说，需要解决的问题就多了：劳动力供应减少、消费力减弱、养老压力加大、经济发展动力不足，等等。"钱其内说，"我们做物业管理的，感受很明显，以前做保洁的员工不说年轻，年纪大也就是四十岁左右，现在呢，都是五六十岁的人在干这个工作。招工难了！"

"关于中国人口和生育危机的问题，太大了。咱们还是谈谈自己吧。"孙安好没有继续接话，转而问，"钱总，你和子莱商量好了吗？开始第二次'试管'了吗？"

"我也是天天烧香拜佛求爷爷告奶奶，终于商量好了，已经开始第二次'试管'了，正等着移植冷冻的胚胎呢。"钱其内大气一喘，靠在椅背上。

"那就好。"李丙运说,"这次你们两人肯定都能成。"

"再不成,我只能找人代孕了。"钱其内幽幽地说。

话题不能再继续深聊下去,那只会增添烦恼。生孩子这件事太神秘,让上天做主吧。三人转而聊了些社会新闻,结束了聚会。

第六章　再战试管婴儿

虽然是第二次"试管",但每一步仍是小心翼翼。人的身体太复杂,四处布满了密码,它不仅仅是血肉和骨骼,它还是精气神。无论是打针吃药、调整身体内的激素,还是促进卵巢排卵,医生护士都会叮嘱一句重复千万遍的话:"放松心情。"

"心情又是什么?心情如何放松?心情真的可以放松吗?为什么不放松心情会影响诊疗?心情在哪里?心情是什么样子的?有颜色吗?有味道吗?有重量吗?心情没有颜色、没有味道、没有重量,它又是如何牵扯到血肉和骨骼?它又是如何改变血肉和骨骼,然后影响怀孕的?怀孕居然被心情影响?怀孕多娇气!"漫长的排队与等待中,孙安好有时候会漫无边际地思考一些问题,一会形而上,一会形而下。

但最终还是要形而下,那就是生活中一点一滴都要注意放松、放松、放松。从促排卵开始,尤曦穿上了防辐射的衣服。衣服是青色的,甚至接近黑色。衣服很宽松。天色暗淡下来,或者家里的灯开得不多的时候,尤曦像一只黑色的熊猫,两个大眼睛的眼白,白得特别明显。孙安好说:"你现在是国宝。"

尤曦享受着国宝熊猫的待遇。这次,家里请来了专门做早餐、晚餐的钟点工。这个钟点工是专门照顾月子妈妈的,价格不菲。做完早餐、晚餐后,钟点工会离去。这是孙安好定的。他和尤曦说:"这是我们最后的二人世界了,以后怀孕了、有宝宝了,保姆、爸妈将终结我们的美好时光,要珍惜。"

"那我希望二人世界早日结束。"尤曦来了一句。

"必须早日结束。"孙安好发现这天没法继续聊下去,只好跟了一句。

说完,孙安好收拾碗筷去了。这一次,他不想尤曦再接触任何家务。尤曦在家里只负责阳台赏花、卧室平躺和发号施令。工作,尤曦还会去公司,也就是图个散心。公司业务正常,合伙人是多年来信得过的人,尤曦没有什么可担忧的。公司都会有专车接送。碰到孙安好没有课，接送的任务就归孙安好。

这还不够。孙安好觉得上一次没有怀上，除了生殖中心实验室给出的"子宫内膜不够厚"的原因，可能还跟很多生活细节有关。比如，邻居家有一猫一狗。猫猫狗狗对怀孕是有影响的。比如，楼上有人装修。装修释放出来的甲醛，也是对怀孕有影响的。比如，尤曦看过一本绘本，名字叫《活了一百万次的猫》，这绘本貌似轻松，讲一只美丽的虎斑猫不停地换主人、受宠，但都是被爱，并不知道生命的真正意义，这只猫活了很久，但质量并不高，直到有一天猫爱上了别人，才明白生活的快乐和价值。最后猫死了，再也没有复活。这是一个忧伤的故事，也包含着很深的哲学道理。尤曦看了好几遍，还跟孙安好讨论。这个绘本，对怀孕会不会有影响？孙安好觉得也会。

这些潜在的"危险"都必须清除。孙安好、尤曦每次出门散步不再走客梯，改走货梯，就是为了避免人狗同梯，以及突然蹿出来的猫猫狗狗。楼上的装修问题，孙安好跑到物业管理处郑重提出要求，严格执行休息时间不得施工的规章制度。那些看起来轻松的漫画和绘本，孙安好再次过滤了一遍。尤曦像个要参加高考的孩子，孙安好像个陪考妈妈，只要听到孩子有任何异样的动静，都会竖起耳朵、细心询问。

终于熬过了十几天的促排卵，要取卵了。

这次排的是第一个，八点一到，尤曦就进去了。照例，孙安好把尤曦送到玻璃门。玻璃门打开，穿堂风鼓呼而出。"快去吧，风大得很。"孙安好一手按住尤曦宽大的连体布裙，一手轻轻示意她快进去。

孙安好同步取精。其实孙安好和尤曦完全可以移植之前冷冻的胚胎，但尤曦坚决要移植最新鲜的胚胎。新鲜的胚胎当然好过冷冻的胚胎。这是一个女人的美好愿望。她宁愿自己忍受各种麻烦和身心之苦，也要让自己的怀孕变得尽善尽美。虽然孩子还没有，但孙安好已经开始领会那句大俗话："伟大的母亲"。女人在很多方面，都伟大过男人，她们在关键时刻的隐忍和坚韧，让人敬畏。

孙安好怀着感动，在取精室里顺利完成任务。当时，他头脑里只有一个念头："为了尤曦，要对得起尤曦的付出，为了孩子，为了未来，给我冲啊。"走出取精室后，孙安好既觉得悲壮，又觉得自豪和自信。

回到生殖中心大厅，等尤曦。这次，孙安好在大厅里等了整整两个小时，都十点半了，人还没出来。这让孙安好有点慌张："出什么事了？取不出卵？还是？"

第六章：再战试管婴儿

孙安好四处张望。"王妈妈"诊室门是关着的。护士一个都没有，不知道去哪里忙了。连个人都没法问。孙安好等得坐立不安。孙安好换了一个位置，坐到距离通往手术室的玻璃门最近的椅子上。玻璃门上写着"闲人免进"。孙安好忍不住站起，推开玻璃门。玻璃门非常沉，孙安好用了大力才推开。探头过去，只见昏暗的走廊长长，绿色油漆反着白光。走廊上没有见到一个行走的医生、护士，安安静静。

孙安好退回座位上，心里更是七上八下。谢天谢地，这时候，玻璃门开了。尤曦坐着平板车，护士一边推着门一边喊："尤曦家属！"

孙安好迎了上去，接过平板推车。护士说："不用到隔壁休息室了，直接回家吧，你老婆在手术室里大睡了一个半小时，喊都喊不醒。"

尤曦笑了，笑得有点尴尬："不好意思、不好意思。"

下了平板推车，尤曦说起手术室里的糗事："不到二十分钟，取卵就结束了，今天排队取卵的人少，医生照例让我在手术床上躺一二十分钟，然后转到外面的休息室。不知道怎么回事，我在手术床上呼哧睡着了。不仅睡着了，我还老做梦，梦的内容都是一样的。"

"什么梦？"孙安好担心梦到什么刺激或者不吉利的东西。

"就是梦到一个医生提着一个手提式的 B 超仪,在一个大房间里走来走去,给很多很多孕妇检查,到了我这里,他就拿探头在我肚子上轻轻一划,然后特别肯定地说,你这是个女孩!"尤曦比划着说。

"是个好梦。"

"嗯。"

"所以我就一直没醒。直到医生叫醒我。"

"三天后过来移植。走,回家好好休息。"

三天之后,移植。一进生殖中心大厅,就碰到"王妈妈"。"这三个月休息得不错哦。""王妈妈"和蔼地笑着,"这次配了七个胚胎,比上次多了一个,等级都很优良。今天移植两个,剩下的五个继续冻着。"

在怀孕这件事上,任何一点好消息都可以让人高兴半天。孙安好和尤曦对望了一样,眼里夹杂着欣慰和不容易。但万里长征第一步都还没走,这个好消息也仅仅就是一个消息而已。

"你坐着。我去办手续。"孙安好把尤曦安妥在一个靠墙的座位,自己去护士站把移植需要的资料提交了。交费的时候,工作人员预先提示孙安好:"先生,上周起,我们生殖中心有些诊疗项目的价格有所变化,你这次要冷冻的胚胎费用从一千八百元上调到了三千元。"

孙安好心里嘀咕了一下:"上调幅度这么大!"但这个价格变化,孙安好没往心里去。这个钱,对于孙安好的家庭来说,不是什么大事。孙安好心里惦记着的是尤曦和这次的结果。

办完手续、交完费,尤曦进了手术室。看着尤曦远去的背影,孙安好想起一件事:留云寺。留云寺山体滑坡处理好了吗?开放了吗?有时间要和尤曦去走走、看看。孙安好心里盘算着,但突然又一想,不行,尤曦是不能去的,她只能静卧,哪能爬山?我一个人去好了。

就在孙安好在网上搜索留云寺是否已经开放的信息时,大厅收费窗口那边吵了起来。

"我要投诉你们乱收费!"一个男子的声音。一个女子在拉扯着他的衣袖。这是两夫妻。

男子脸红得像是醉了酒一般。一大早肯定不是真喝了酒。可见他胸中怒火有多大。

窗口里的工作人员,是个中年女子,她远远地站着椅子后面,抱着手。她似乎受惊了,不知道如何是好。

红脸男子显然有备而来,他拿出一张白纸,往玻璃上一按、撕掉贴在纸后的双面胶。白纸贴上了。红脸男子大声念读起来："尊敬的市长、市委书记和市卫生局领导，我叫裘球泥，身份证号码 45，我今天郑重投诉市民中心医院生殖中心从六月份开始随意定价、乱涨价。具体情况如下：冷冻胚胎复苏从九百元涨到现在三千元一次；胚胎保存从一百一十元每月每管跳到四百五十元每月每管；精液优化处理从六百元每次涨到一千八百元每次；胚胎冷冻从一次一千八百元，涨价到每管三千元，也就是说如果你有两管胚胎要冷冻，需要六千元，三管就是九千元！我就想问问市长、市委书记、卫生局长，医院到底是谁的医院，医院是不是银行，银行才会掉进钱眼里！我就想问问市长、市委书记、卫生局长，是不是穷人、打工仔就没有权利做试管婴儿，就没有权利当父亲、母亲？我就想问问市长、市委书记、卫生局长。"

男子没念完，突然嚎啕大哭起来。他手里的手机敲着玻璃，梆梆地响。

他这一哭，让大家肃静起来。大家不再把他的行为当医闹看，眼里都有了些同情的意味。

"是啊，这价格涨得太快了。"有人悄悄议论。

"唉，大家都不容易。"有人叹息。

这时候，一个穿着便服、领导模样的男子来了，他身后

第六章：再战试管婴儿　　141

还跟着两个保安。

保安抱着男子,推搡着往外走。领导模样的男子说:"这位先生,你的投诉,上次电视新闻已经报道过了,我们作了回应,大厅里也挂出了新的价目表,我们每一项都是有依据的,都是符合国家法律规定的。我们欢迎你向上级部门和领导反映情况。"

领导模样的男子把话说得滴水不漏。孙安好都怀疑这人是医院的官方发言人。

男子最终被劝出了生殖中心,他的妻子提着一个大水壶。水壶里的水晃荡着,几片茶叶漂浮其中,这让孙安好联想起一叶孤舟在茫茫大海上无处停靠。"他们还会不会来这里做'试管',他们以后会怎样?"孙安好想着,禁不住长叹。

经过刚才领导模样的男子的提示,大家站到一块公示牌前查看新的价目表格。

价目表格一开头写到:"辅助生殖技术属于特需医疗服务,原收费价格为二〇〇二年政府主管部门制定的政府指导价。随着医疗技术的进步和物价上涨,其收费价格已经远低于成本。冷冻胚胎等自主定价诊疗项目属特需医疗服务,不在社会医疗保险保障范畴内,其价格调整依法依规,且进行了严格的成本测算和充分的公示。"

"有关部门该改革了。"人群中，孙安好忍不住大声说起来，"人工辅助生育、试管婴儿都应该纳入医保的范畴才对。这将造福多少夫妻、多少家庭。四五千万人呐，这不是一个小数字。有关部门和医院要关注这些家庭、这些低收入人群，他们终日奔波医院，忍受巨大的压力，太不容易了。"

"说得好！"大家为孙安好的发言鼓掌。

孙安好说完，安静坐了下来。其实，这个观点，前段时间跟钱其内、李丙运聚会时，孙安好就提过了。

生殖中心大厅重归平静。

很快，尤曦出来了。尤曦坐在孙安好旁边，头枕着孙安好的肩膀："让我靠一会。"

"怎么了？移植顺利吗？"孙安好轻轻地问，话里隐藏着某种急切与担心。

"顺利，比上次还快。"尤曦说，语气挺虚弱，"就是觉得有点累。"

"哦。"孙安好腰背贴紧了椅背，让肩膀成为一个稳定状态，好让尤曦靠得踏实些。

尤曦不说话，闭着眼足有十五分钟，长长地呼气，长长地吸气，似乎要在一呼一吸中完成身心修复。后来，尤曦坐正了，轻声说："回家吧。"

一路上,尤曦没有像上次那样复述移植过程和自己的感受。她这次似乎真的累了,手里抱着包,固定着身体,歪着头,睡着了。

移植之后,尤曦休养在家。孙安好向学校请了两周的假。这一次不得不比上一次谨慎。

尤曦成了躺在床上的人。"你躺好了,别动,我来。"这句话成了孙安好的口头禅。吃饭躺着、看新闻躺着、打针塞药躺着、擦拭身子躺着

尤曦唯一可以直立行走的机会就是上厕所,也是由孙安好搀扶着。孙安好扶着尤曦,站在一旁,直到尤曦完成任务。

越是这样,尤曦越是惊现各种"哎呀,不好"。

"哎呀,不好,移植后憋尿憋得不行,我上厕所好像用力了点。"

"哎呀,不好,我刚才用毛巾擦身子,擦到肚子那里,好像用力了点。"

"哎呀,不好,我右边脖子有点不舒服,不知道是落枕了还是受风了。"

这让孙安好心里随时"咯噔"着。

谁也不知道尤曦的肚子里正在发生着什么。那两个胚胎

在黑暗中，是否适应新的水土、新的窝？她们已经安顿妥帖还是坐立不安？这一切都看不见摸不着，叫人如何是好？

孙安好有时候忍不住想隔着尤曦的肚皮，跪着轻轻祈祷。但这太有仪式感了，没准反而会给尤曦增添心理负担。孙安好作罢，只好嘴里故作轻松地说着："你想多了，好好歇着，别乱动，有事叫我。"

到了第五天，尤曦忍不住验了孕。一大早的，脸色极其不好。孙安好看到验孕棒上没有一点颜色。

孙安好赶紧上网查询，查完心里放松了一点，把手机拿给尤曦看。网上的科普知识写着："由于每个患者的身体条件不相同，试管婴儿移植冻胚着床的时间也不同。有些患者在移植后三到七天冻胚就成功着床，有些患者则需要七到十四天才能成功着床。所以医生通常建议通过试管婴儿助孕的女性朋友，在试管婴儿移植后的第十四天来医院抽血检查冻胚是否着床、是否怀孕。"

"可上次，第五天就验出粉红色了。"

"上次是上次，这次是这次。别搞得太紧张了。"

尤曦"哦"了一声，把靠垫取走，自己默不作声躺下了。

到了第七天一早，尤曦又摸出了验孕棒，握在手里："我自己去上厕所。"孙安好眼睛瞟到了，没有做声，看着尤曦

第六章：再战试管婴儿　　145

慢慢移动着步子,进了洗手间,然后把门关上。

孙安好心里也想知道答案!

孙安好坐起来,把窗帘拉开了,然后站在洗手间门口,等着尤曦出来。

不到两分钟时间,尤曦出来了。验孕棒捏在她手里。

孙安好把尤曦扶上床,等着尤曦开口。尤曦举着验孕棒,说:"你看。"

清晨的阳光照在细细的验孕棒上,上面有一道粉红色杠。

"看到了,很清晰!"孙安好高兴地说。

"可是只有一道杠,要两道杠才能确定。"尤曦说。

孙安好心情瞬间落到平地。孙安好按亮手机,继续翻动着网页,突然停下,拿给尤曦看:"如果出现两条红线,一般就是怀孕了,要到医院再抽血化验雌孕激素,看是不是要加药;如果只有一条线,还是请大家来医院再查血看看是不是怀孕,尿的检查有时候不一定准确。到最后一步,希望大家不要轻易放弃。也经常遇到有的病人自己检查只看到一条线,不来医院,就停药了。"

"以医院查血为准!"孙安好一字一句地说。

"嗯。"尤曦点头。

话是这么答应,但随后的日子里,尤曦每天早上依旧从验尿开始。

孙安好则重复着一系列动作：把尤曦送进洗手间、走到窗前拉开窗帘、回到洗手间门口、把出来的尤曦扶上床、看尤曦手里举着的验孕棒。

清晨的阳光无比清晰地照射在洁白的验孕棒上。

第八天，还是只有一道粉色杠。

第九天，还是只有一道粉色杠。

第十天，还是只有一道粉色杠。

表面平静的孙安好，内心近乎崩溃。倒是尤曦大有越战越勇的势头，一天起得比一天早，就是为了第一时间验证当天的尿液。

返回医院倒数第二天，验孕棒显示的结果依旧是：只有一道粉色杠。

"好好睡个踏实觉，别验了，网上都说了验尿不一定准的。"倒数最后一天，睡觉前，孙安好跟尤曦说。

那天晚上，窗外有月光。月光透过白纱窗帘，让卧室变得宁静。尤曦背着身子，不说话。孙安好知道自己的劝说无效。

果然，次日凌晨，迷迷糊糊中，孙安好就感觉尤曦在动。睁眼一看，尤曦半躺着，正准备下床。看到孙安好，尤曦说了一句："睡你的。"

孙安好按亮灯，把尤曦送进了洗手间。

拉开窗帘的时候，孙安好才注意到时间，五点半还不到，天还是擦着黑的。

孙安好把灯调亮了一些。这次，尤曦在洗手间里的时间比之前任何一次都长。

"尤曦。"孙安好赶紧敲门。

尤曦把门推开，她正在镜子前。她一直立在镜子前。镜子里的她，紧绷着脸。

"出来再说。"孙安好把尤曦扶上床。这次，尤曦不再举着验孕棒，而是递给了孙安好。隔着黄光，孙安好看到了两道粉色杠。

孙安好把灯拧到最亮，是的，两道，粉色杠！

孙安好走到窗户前，天已发光。再看，是的，两道，粉色杠！

孙安好走到阳台上，晨光已出。再看，是的，两道，粉色杠！

确认！

"是两道吧？"尤曦问。

"嗯。"孙安好把验孕棒还给尤曦。尤曦手握验孕棒。孙安好再握着尤曦的手，静静地。

不到五分钟,一天最初的阳光铺满卧室。

"时间还早。再睡一会。"孙安好把窗帘拉合了一些。

"嗯。"尤曦应着,一动不动了。

抽血验孕,证实了两道杠的威力:胚胎成功"安营扎寨"了。

医生"王妈妈"这次没有过多的寒暄,直接安排接下来的事宜:"孕酮和雌二醇都很好,二聚体偏高,SO肝素要继续打。另外黄体酮继续,其他药继续,十四天后返院做第一次B超。生活方面,可以继续工作、家务,只要不感觉到劳累即可。没有必要几个月都躺着。"

接下来的两周,谨慎中带着乐观。"你躺好了,别动,我来"依旧是孙安好每天说得最多的话。听从"王妈妈"的话,尤曦已经开始有了一些适量的活动,比如在屋子里走动和做自己的饭。

孙安好开始踩着点去学校上课,然后赶着点准时下课、回家。回到家,孙安好有一半时间耗费在厨房里,虽然说这个时候,该吃什么还是吃什么,但显然得多用一点心。水果、蔬菜、牛奶、鸡蛋、瘦肉,这些东西普通,但也力求新鲜。饭后,恢复小区散步,只不过路程是过去的三分之一都不到。要的是形式,让尤曦下楼看看天、看看晚霞、看看绿树成荫。人多的地方不再过去凑热闹，慢悠悠走着曲折的路线，差不多就折返了。

那段时间，尤曦睡眠极好，几乎是倒头就着。孙安好安排好第二天的伙食，再回到卧室，尤曦已经起伏有致睡得挺好。或许是因为打了不少激素或者躺卧时间不少的缘故，尤曦胖了不少，肚子圆了一圈。孙安好几次想凑近尤曦微微隆起的肚子听听动静，甚至想跟里面的小东西低语几句，但担心干扰到尤曦，同时也觉得自己有点矫情，便罢了。

两周时间过去，迎来第一次B超。

B超设备就在医生诊室里间，中间隔着一段布帘。"王妈妈"助手给尤曦做B超的时候，孙安好在诊室里候着。

根据布帘里的影子的动静，孙安好可以判断尤曦进去后就躺上了B超台。助手调试着机器，不一会机器发出"轰轰"声响。

"这是什么声音？"孙安好嘀咕。

"胎心、胎芽。"布帘里，助手在说。

"胎心跳动的声音。"孙安好自己给自己确定了一个答案。

"轰轰"声响继续，似乎带着节奏。

孙安好有点激动，想用手机录下这声音。结果，声响停了。

布帘里，尤曦慢慢坐起来、下床。

"王妈妈"钻进去,身子背着孙安好,应该是在机器仪表前查看数据。不一会"王妈妈"出来了,尤曦也跟着出来了。

"移植了两个胚胎,留下了一个。留下的这个,有胎心、胎芽,继续保胎。十四天后,来做第二次 B 超。""王妈妈"没有说掉的那个胚胎,因为什么原因掉,又掉到哪里去了。孙安好想问,但又觉得多余。因为每个人移植基本都是移植两个甚至三个胚胎的,不可能每个胚胎都成功,否则岂不是很多双胞胎,甚至三胞胎。

又一个十四天。

这个十四天刚过去一天,尤曦怀孕的反应来了:这个东西吃不下,那个东西吃不下。

孙安好问:"那你想吃什么?"

尤曦答:"酸辣粉。"

"做梦。"孙安好下了三两酸菜饺子。

尤曦鼓着眼睛硬撑着吃完,中途几次边吃边想呕掉。孙安好笑了,心想:"有孕反才是好事。"

就这样,在持续的孕反中,迎来了第二次 B 超。

那天,孙安好和尤曦早早出了门。一路顺畅,很快到了医院。不料医院门口却发生两车相撞事故。这起事故蹊跷,明明是进口通道,一辆大"悍马"却把它当成了出口,结果把一辆白色小轿车的车头给撞了个大凹陷。这本也是小事,但鬼知道"悍马"司机出于什么考虑,居然弃车而逃了,还拔走了钥匙。这害苦了医院保卫科,那么重一个车,要移走,不容易。好在医院里有一辆施工工程车,硬是把"悍马"拖到了路边,才让出通道。这一折腾,花了将近一个小时。

孙安好和尤曦上到生殖中心,"王妈妈"已等候多时了。

布帘里,只听到"王妈妈"问了尤曦一些问题,声音小,孙安好没有听清。

一会后,只见尤曦上了B超台。"王妈妈"开始操作机器。

孙安好拿出手机,想把接下来的声音录下来。

开始了。这次的声音依旧是"轰轰",但显然不如第一次那么响亮,中间断断续续。

"王妈妈"身子凑到仪表位置,感觉她手指在触摸着显示屏。

这次尤曦躺的时间比第一次久。

"可以了,慢慢下来吧。""王妈妈"说。

"王妈妈"撩开布帘出来了,绕过孙安好坐到自己的椅子上。她的身体似乎在椅子上顿了顿,然后转动椅子,按动了边上的打印机。一张印着B超图像的报告单滑了出来。

"尤曦你坐下来。我给你们讲讲。""王妈妈"示意站着的尤曦。尤曦坐了下来。

"胎停了。""王妈妈"把报告单推到孙安好面前。

"什么？"孙安好问。孙安好没听懂"王妈妈"说了什么，说了哪几个字。

"胎停了。""王妈妈"说，"没成功，这次。"

尤曦一把把报告单抢了过来，迅速扫描着。

尤曦面部僵硬如铁。

孙安好去拿报告单，尤曦的手忘了松开，紧紧掐着一角。

"还有挽救办法吗？王医生。"尤曦问。

"没有。""王妈妈"平静地说，"二次B超后胎停的几率很小，但发生了，确实很遗憾。"

尤曦毫无预备地哭出声来。哭声惊动了大厅里候诊的人们。孙安好轻轻把门关上，手扶着尤曦的肩膀。

尤曦完全不能自控。伴随哭声的是战栗的身体。第一次胚胎移植，尤曦看到胚胎从外面的世界进入自己的体内，忍不住流下眼泪。那是感动，那是喜极而泣。这次，是悲痛！几年了，多少个日夜，多少次提心吊胆，多少次假装轻松，多少次忍而不发，多少次一笑而过，多少次默默祷告！然而换来的却是再一次"遗憾"。就是强硬如女总统也经受不住

第六章：再战试管婴儿

这样的打击。心中的堤坝终于垮了,沉重、心酸、委屈伴随泪水,一泻千里。

待到尤曦缓下来后,孙安好问:"会是什么原因导致?"

"原因有多种,胚胎发育不好、宫内环境不好、子宫动脉血流不好、凝血功能不好,孕酮不足等等。我们会做一个综合的原因分析。"

这些词都好拗口。孙安好无心细听,又问:"接下来怎么办?"

"如果还有信心,做第三次胚胎移植。先清宫,然后保养卵巢,时间六个月。六个月后移植。""王妈妈"说。

第七章 夜访"地下代孕"和"供卵黑市"

第二次"试管"失败之后的一个月,可能是尤曦、孙安好人生中最灰暗的一个月。他们再也不愿想生孩子的事。尤曦把柜子里的一袋验孕棒丢进了厨房里的垃圾桶。丢进垃圾桶还觉得不行,拎起塑料袋扔到了楼下的垃圾车,一直看着垃圾车把那一小包垃圾运走。

孙安好把之前藏好的电影碟片、书,也搬回了书架。他想让生活恢复它应有的样子。生活不应该只有生孩子这件事。何况这孩子还没有来到。然而,想是这么想,悲伤的情绪依旧弥漫在夫妻二人之间。尤曦一天到晚一条睡裙,躺在客厅沙发上,有时候发呆,望着阳台外面的城市和高楼,有时候在发呆中睡去，不分白天黑夜。孙安好从学校回到家，会订两份外卖。外卖送回来，搁在桌子上，很多时候都忘记打开。那段时间，两人似乎没有饥饿感，除了喝水、喝水、喝水。

其实是累了。几年来一直紧张着的身体和心情，突然松懈了。这是大累，所谓身心俱乏，整个人都被掏空了。

无事一身轻，但这是无法承受的生命之轻。

这样的"轻"持续了七天。第八天，尤曦脱下睡裙，换上一条藏青色连衣裙。尤曦说："今天去清宫。"

清宫需要住院，"王妈妈"给的方案是药流加无痛清宫。

尤曦已经回到原有的精神状态，说话的语气轻松了一些："早就该来清宫的，我就是想让丢掉的小宝宝在肚子里多待几天。"

"别多想了。一切都是缘分。"孙安好把接下来几天尤曦要吃的、用的药逐一分好。

那几天，尤曦有序地吃着药、吊着瓶，安安静静。身体也很配合，没有像其他床位那样出现持久的腹痛。第三天深夜，一股带着血水的热流从两腿间溢出。尤曦叫醒陪床的孙安好："去叫护士过来清理一下。"

护士过来，一阵收拾。干净之后，尤曦坐回床上，跟孙安好说了一句:"药流起作用了,刚才移走的血水,就是我们的小生命。"

孙安好恍然大悟,心里惊了一下。

孙安好坐过床去,抱着尤曦。尤曦下巴抵着孙安好的肩胛。孙安好能感受到尤曦的泪水顺着脸庞滑落在自己的肩上。泪水滚烫。

"过去了。不想了。"孙安好把尤曦慢慢推倒,"再睡一会,马上天亮了。"

天一亮,尤曦被推上手术台,无痛清宫。等待的时间不算太长,不到一个小时。"氧气管、心电图连接好以后,麻醉师从吊瓶的管里推进麻药,不到十秒钟我就睡着了。朦胧中听到医生说'好了'。"在病房里,尤曦继续吊瓶、输液,"吊完今天下午的瓶,就可以出院了,一切都结束了。"

"一切也开始了。"孙安好说。

"一切也开始了",孙安好当时完全是为了安慰尤曦随口一说,但这句话放在钱其内和他的年轻太太子莱身上,却是千真万确。

尤曦出院一周后,钱其内单独约了孙安好,还是老地方:"潮之悦食府"。

钱其内的风格就是开门见山："我要找人代孕了。"

"你不是说已经和子莱商量好了，再试一次'试管'的吗，上次我们聚会，你说的。"

"唉，又变卦了，子莱说她卵巢不好，不想再浪费时间、浪费精力。二十几岁的人，拗得很，一旦决定了，九头牛都拉不回头。尤其一周以前，她得知你太太这次'试管'又失败了，更加坚定了自己的想法。"

"哦。"孙安好没想到子莱和尤曦保持着联系。

"对不起，提到你们的伤心事。"钱其内给孙安好添茶，发现孙安好的茶杯没有动过，又提着茶壶缩了回来。

"没关系，过去了。再说，试管婴儿本来就不是百分之百能成功的手术。"孙安好喝了一口茶，接上之前的话题，"子莱决定要找人代孕，你同意了？"

"除了同意，我还有什么办法。这事真烦透了，几年了，耗着，心力交瘁。我现在只想一件事，只要孩子是我和子莱的种子，管他谁的肚子怀着，只要给我健健康康生出来就可以了。"

"可毕竟这玩意国内法律不允许，我担心是否靠谱。"

"靠不靠谱也得走一遭。孙老师你得理解我。我是做企业的，你家尤曦也是做企业的，但她有好几个合伙人，压力分散了，我呢，我既是董事长又是总经理，还是半个财务总监，有时还是业务员，所有压力我一个人顶着，所有员工的工资我一个人发着，我不能在生孩子这件事上耗费更多精力了。现在企业难做，资金链条稍微有点跟不上，银行就过来了，贷款给你收紧，生怕你还不起钱。"

"我理解你。要结果，不管过程。"

"对。理解我就好办。"钱其内拳头一捶桌子，"孙老师，我为什么找你，因为你是高级知识分子，你能懂我。"

"那你找我具体要做什么？"

"我全权委托你帮我跟代孕公司接洽，包括代我付款。正好，暑假到了，你有时间。"

孙安好吸了一口冷气！这次聚会为什么没有叫上李丙运、赵一官，原来意图在此。

"你具体说清楚一点。"

"上周我们联系了一家代孕公司，全程搞定六十万元。他们是这样的，如果你一定要生男的，加二十万，八十万，如果要双胞胎，再加二十万，一百万。我不强求，所以选了最便宜的套餐，六十万。"钱其内拿出手机，打开一张图片，是一张小卡片。仔细一辨认，还真是贴在路灯杆上的小卡片。

这张小卡片让孙安好想起有次在生殖中心，一个发代孕小卡片的男子被便衣警察带走的情景。当时孙安好还捡了张撒在地上的小卡片。钱其内手机里的小卡片和几个月前见过的小卡片雷同，上面印着黑体字：试管代孕，试管供卵，性别可选，可挑孕妈，包生男孩，信誉保证。落款是"心无忧代孕公司"，以及手机号码和微信二维码。

这小广告，孙安好怀疑钱其内就是在市民中心医院公交站台附近的路灯杆上拍下来的。

"你和代孕公司接触到哪一步了？"孙安好想到自己的任务，赶紧了解进程。

"昨天晚上，子莱已经取了卵，我已经取了精。现在就等着他们配上，三天后移植胚胎。"钱其内从包里翻出一份合同，递给孙安好。

合同不过一页纸，非常简单。最重要的信息是付款流程：签订合同付款百分之十；取卵、取精结束付款百分之十；移植到代孕妈妈体内付款百分之十；验孕成功付款百分之十；第一次B超通过付款百分之十；第二次B超通过付款百分之十；最后孩子出生、通过DNA检测付百分之四十。

合同最后一条是：为了避免不必要的纠纷，亲生父母全程不能与代孕妈妈有任何联系，亲生父母可以委托朋友到代孕公司探视代孕妈妈、了解胎儿发育情况。

"最后一条，是我加的。他们一般不仅不允许亲生父母和代孕妈妈有任何联系，也不允许委派他人探视。按他们的话说，就是你按时打钱给我，十个月后，我给你一个健康的孩子，中间一切手续都免了。我不放心，硬是要加了这么一条。不然，十个月傻等傻等，人会等出神经病的。"钱其内拿过合同，解释说。

"三天后移植，让我过去看看谁是代孕妈妈？"

"对。是这个意思，看看人怎样，健不健康，高还是矮、胖还是瘦。"

"好。"

"这是他们的联系人，电话号码我发给你，你的电话号码我也发给他。我现在给你写一个委托书。有了这个委托书，他们好放你进去。"钱其内从公文包里取出笔和纸，刷刷写起来。

令人惊叹的是，钱其内的包里还带着印油。钱其内郑重地在自己的名字上按上手印，然后拍了个照，并在手机上划拉半天，估计是把委托书照片发给代孕公司那边的接头人。

三天后，暑假第一天，孙安好执行任务。代孕公司接头人郑先生的电话很顺利地打通了。电话里，郑先生约定："晚上八点就移植,地址是天尊别墅十二号院。"

"天尊别墅?"放下电话,孙安好以为听错了。移植怎么会在别墅里?

手机短信随即收到郑先生发来的地址信息,没错,就是天尊别墅。

天尊别墅在市郊,路程有四五十公里,孙安好没有等到尤曦下班回家,自己开车出发了。庆幸的是,路上不太堵,孙安好提前半小时就到了天尊别墅十二号院。

十二号院,独栋,三层。铁门紧闭,安安静静。孙安好给郑先生打了一个电话:"我到了。"

铁门瞬间即开。抬头一看,二楼有人在遥控。进入院子,大门虚掩,有人把守在门口,说:"先生,你的委托书我们再看一下。"

孙安好把委托书递进去。门打开。"我是郑先生,你好。"一个穿着中式立领白衬衫、三十出头的平头男子立在门前。刚才在二楼遥控开门就是他。

环顾四周,典型的别墅装修,复杂的灯饰高高挂起,黝黑带金色的沙发笨重地占着客厅中央的位置,地上是印着敦煌飞天的驼色地毯。

"孙先生请喝水。"郑先生递上一瓶矿泉水,彬彬有礼的样子。看来钱其内挑的这家代孕公司算是高档次，虽然可能是在路边电灯杆上揭的小广告。

"移植就在这里移植？"孙安好还是表现出自己的惊奇。

"是。三楼有手术室。"

"哦。"孙安好明白过来，"可以上去看看吗？"

"可以。"

郑先生带着孙安好上了三楼。上楼的时候，郑先生问孙安好哪里人。孙安好一说，郑先生哇哇大叫起来："我们是老乡耶。"

"缘分。"孙安好赶紧和郑先生握手。

上到三楼，还是别墅的结构和装饰。"手术室就在那个小间。"郑先生指着最里头房间。房门推开，是一张带着液晶显示屏的床，床旁边是一排电脑和一些电子仪器。

"跟正规医院没啥区别呀。"孙安好握着矿泉水瓶子，转头对郑先生夸赞道。

"那是。"郑先生笑着说，露出一些得意，"很贵的，这些设施，还有这个别墅的租金也很贵的。"

"你们老板也是下了血本。"孙安好奉承着。

"不是他一个人投资的，几家代孕公司一起租的别墅、买的设备。"郑先生手一挥，暗指眼下这些物业、家业都是

第七章：夜访"地下代孕"和"供卵黑市"　　163

合租合用的。

"干吗不跟医院合作？"

"那是十年前了，代孕手术都是偷偷跟私人医院合作，取卵、移植都在医院里做。现在政策太紧，哪个医院敢合作。"不知道为什么，郑先生对这个行业并没有想象中那么忌讳谈论。或许这都不是什么秘密了，也或许这哥们心情不错，再加上跟孙安好还是老乡。

"那倒是。不过你们这行利润高，有钱，不怕。这么专业的设施、环境，可以吸引高档客户。"孙安好继续夸赞，目的只有一个：继续聊下去。

"那也是。但现在竞争力也厉害，尤其是二胎政策放开了，代孕需求越来越大，做这行的人越来越多。有的公司做得大的，跟美国、泰国都有合作。这些国家代孕是合法的。"

"二胎政策放开了，为什么代孕需求增大？"

"这不难理解吧？很多人想要二胎，但身体不允许，怀不上啊。"郑先生走到窗户前，看了看手机，"不聊了，医生和代孕妈妈一会要到了，孙先生，我们下楼去。"

"医生也是你们合伙请的医生？"下楼的时候，孙安好问。

"都是正规医院的医生，他们都是来干私活的，费用很高的。"郑先生说，"懂胚胎移植的医生不多，现在政府管得越来越严格，他们很多人为了保饭碗都不出来干了，出来干的要价越来越高。这也导致很多并不熟悉试管婴儿技术的医生，甚至连卫校毕业的普通医护人员，也都进入这个行业，他们租个小试验室就敢对外接单，把客户当成了小白鼠，边做边学，摸索代孕技术。"

这把孙安好听出一身冷汗。孙安好忍不住问了一句纯属多余的话："你们不会把客户当小白鼠的医生吧？"

"当然不会。"郑先生拿出遥控器，对着二十米开外的大铁门一按，呼啦进来了一帮人。一男一女走在前头，后面是两个男的，再后面是四个女的，八个人。

郑先生迅速把门拉开，对着走在前面的男子，点头说："老板好。"

走在前头的男子看到了孙安好。郑先生赶紧介绍："孙先生，这是我们公司老板耿总。耿总，这是客户的委托人孙先生。"

耿总展开笑容，操着一口广东普通话："你们放心好啦，我们都是老字号，有信誉保证的嘛。不过来看看，也可以，看了就更加放心啦。"

孙安好没什么话好说的，微笑应之。

"走，上去，帮你朋友确认一下胚胎。"郑先生推推孙安好。

孙安好这时发现刚才进来的几个人，有的已经上到三楼了。孙安好赶紧跟了上去。

一上到三楼，看他们各自神态、动作，人员分工基本上清楚了。两个留着平头的男子，一个岁数大约四十五岁左右，一个二十多岁，这两人是医生，年轻的可能是助手。只见年轻医生首先推开了那个小房间，从手术台下扯出一张绿色一次性床单，熟练地铺好、夹紧。年长医生则推动着一面墙，墙开了。原来墙上的瓷砖上镶着门。门打开，依稀可见几个蓝色的罐子，孙安好猜测那就是保存胚胎用的设备。孙安好正想换个角度看得清楚一些，年轻的医生"砰"的一声把门关上了。

耿总和一个女子也上来了。这个女子估计也是他们公司的吧，只见他们很小声地说着话。女子手里还有一个文件夹，时不时打开给耿总看。

郑先生和另外两个女子聊着天。两个女子，一个穿着圆点衬衫，看上去年纪蛮大了，得有五十了吧，另外一个年轻点，三十左右的样子，短发，圆脸。

不一会儿，手术室里的门打开了。年轻医生探出半个身子问："是有人要确认下吗？"

郑先生跑了过来："孙先生，你去对下你朋友的名字。"

孙安好走到手术室门前。孙安好以为医生会拿一只装有胚胎的试管给孙安好核实，谁知并没有。年轻医生问："你说下父母的名字。"

"钱其内、丁子莱。"

"对了。"年长的医生在里面应了一句，"可以叫代孕妈妈进来了。先生你在外面等着，我们要移植了。"

郑先生对坐着的两个女子喊了一句："可以了。"

短发、圆脸的年轻女子站起来，扯扯屁股后面坐皱了的裙子，走进了手术室。孙安好都还没来得及仔细辨认她的眉眼、长相，门就关上了。

无疑，她就是钱其内找的代孕妈妈。

不知道是不是只有两个医生、人手少的原因，总之等待的时间非常漫长。郑先生再次给孙安好递上一瓶矿泉水："耐心等候，耐心等候。"

郑先生让孙安好"耐心等候"的一瞬间，孙安好脑子里再次冒出一个念头："这俩医生不会是生手吧，拿客户当小白鼠，边做边学？"

揣着这个闪念，孙安好一个人下了楼。楼下还有两人，两个女子。也是一老一少搭配。老的也是五十多岁的样子，少的三十开外。两人闷闷地坐在皮沙发上,一瓶矿泉水在手里转来转去转来转去。

孙安好在客厅里抽了一份免费的广告杂志,无聊地翻着。

没想到,年长的妇女开了腔,口音里带着四川味:"上面移植的,是你的啊?"

"不是,我朋友的。"孙安好回答。

"哦。"年长妇女回答,然后对着她的同伴说,"你代孕了这么多次,没碰过还有人来核实的啊?"

年轻女子摇头:"没碰到。反正最后是要验DNA的嘛。"

"是哦,是哦。"年长妇女说着,"咦,上面的怎么还没完?"

"会不会有什么问题?"孙安好停止翻阅杂志,问。

"没啥问题。这里的手术室毕竟不是医院里的手术室,人手少,会慢一些,正常。也没多久,是我们等的人觉得时间久。"

孙安好看看时间,确实,其实时间并没有过去多久。

孙安好看着年轻女子,她正在悠闲地玩着手机,一副来人家家里做客的样子。

"代孕这行好不好做?"孙安好冒失地问出这么一个问题。

"你讲呢?"年轻女人眼睛看着手机,嘴巴蹦着词,"哪行都好做,哪行都不好做。"

"不过,这行还是来钱快。"年长女子跟了一句,"代孕一次十八二十万到手,还包吃包住,打工一年,哪有这么多钱。"

"莲子阿姨,你莫要讲这个话喽。风险大得很,你是晓得的。"年轻女子说。

"啥子风险?"孙安好问。

"啥子风险?莲子阿姨,你把小金子网上那个报道给他看一下,看了就晓得啥风险了。"年轻女子放下手机,"你别找了,我保存了,我发给你,你拿给这位先生看。"

莲子阿姨按了很久才把手机递给孙安好:"你看看。刚刚发生的事。"

是头条新闻网的一篇报道。报道如下:

二十九岁的小金子是广西人,近几年在本市郊区的一家工厂上班。小金子有两个儿子,一个五岁,一个六岁。去年她通过曾经做过代孕的工友介绍,认识了代孕中介谭艳红,虽然并不知道谭艳红的真实身份,但看到身边的朋友通过代孕,拿到了十几万元的佣金,小金子心动了。去年年初,小金子做了第一次代孕前的体检。

体检主要是检查子宫、内膜等,检查好了就去移植。如果移植成功,每天要打黄体酮,这些费用都由中介出。

小金子第一次就成功怀孕了，受精卵夫妻来自珠海市。这次代孕，小金子一共可以获得十五万元的佣金。确定怀孕后，唐艳红给小金子的银行卡里先打了五万元。

今年六月，小金子在市属第三妇幼保健院产下一对龙凤胎，但由于是早产，孩子一出生就被送去抢救。

孩子抢救得交费，三万元。小金子赶紧打电话给中介唐艳红。但唐艳红说她现在来不了，要小金子先垫付。

孩子必须抢救，不抢救会性命不保。无奈，小金子只好垫付了三万元。抢救之后，孩子还要留院治疗。中介谭艳红不仅拒绝支付尾款，甚至连小金子垫付的三万元抢救费也拒绝支付。谭艳红的理由是，小金子早产属于没有完成代孕任务，孩子后续医疗费还需多少也无法估计，因此能否足额支付十五万元佣金给小金子，要看小孩的身体情况以及治疗费用。

小金子后来想了很多办法联系上孩子的亲生父母，希望孩子的住院治疗，他们能负起责来。这个要求被拒绝。亲生父母的理由是："我只跟中介联系，钱我已经出了，我只负责从中介手里收回一个健健康康的孩子，其他方面与我无关。"

更让小金子为难的是，当初入院时，为了亲生父母日后能顺利给孩子办到出生证，她登记的资料全部都是孩子母亲的。小金子想出院，凭自己的身份证，无法办理出院手续。

无奈，小金子只好选择向媒体爆料，期待能够顺利出院，拿到本该属于自己的辛苦钱

看完，孙安好把手机还给莲子阿姨："后来事情解决了吗？"

"不刚报道吗？能不能解决是个问题。雇主不会露面，中介呢，为了钱，黑得很，不到万不得已不会掏腰包的，难的是小金，自己身份暴露了，还不一定能拿到全部的佣金，唉，她也是不走运。"年轻女子说，"不过也好，经过这一次，小金估计也不会再代孕了。代孕心理压力很大的，家人朋友问起你在做什么，你都不能说，怀孩子的时候，不准离开公司，不准跟任何人联系，家人朋友问起，都是骗他们忙忙忙。怀别人的孩子比怀自己的孩子还紧张，万一有点差错，后面的佣金就没了，后面的佣金才是大头。即使安全生下来，赚了十几万块钱，也跟做贼似的，因为不知道该如何向家人交代这十几万是怎么来的。另外，代孕多了，以后想怀自己的孩子，成功率就小了，即便怀了孕，也可能有生命危险。这行遭的罪，是无法用金钱来弥补的。唉，不说了，说多了都是泪。"

年轻女子说完，大家沉默了。孙安好低头翻看杂志，中间瞄了一眼代孕妈妈。她放下了手机，望着雕花工艺复杂的

窗口，神色凝滞，像尊雕塑。

不一会，三楼有动静了。抬头看到郑先生正站在楼梯口。他朝孙安好挥着手。

孙安好上了楼，在一个小房间里看到平卧着的代孕妈妈。

"移植很成功，放心吧。"耿总走过来说，"如果你想跟代孕妈妈有些什么交代，可以过去说几句话。"

孙安好走进小房间。昏暗中，只见代孕妈妈朝门口一侧躺着，手抱着肚子。穿圆点衬衫的年长女子坐在旁边，守着。

代孕妈妈似乎睡着了，脸上带着疲倦。孙安好觉得进去说话实在多余，转身对耿总说："没啥交代的，这次来主要是替朋友确认胚胎。"

"放心、放心。接下来她们就是安心静养了，你看我们一个代孕妈妈配一个保姆，有机会去我们公司看看，代孕妈妈都住高档小区，每人一间房，环境都很好，放心、放心。"耿总笑着说，"以后有朋友有这方面的需要，可以介绍给我们。我给你提成，提成很高的。"

孙安好跟耿总话不投机，下楼，要离开。郑先生摸出外面铁门的开关遥控器，送到门口："接下来，公司会严格执行正规医院的流程和护理，打针、吃药、检查，一项都不会少。尤其不要担心代孕妈妈会拿孩子怎么样，她们只会小心、小心、更小心，因为她们的目的是顺利生下孩子、拿到钱。孩子你给她们，她们也不会要，养不起啊。她们也不会因为怀胎十月，和孩子有了感情，最后卷走孩子。不会的，人家干这一行，图的不是孩子，图的是钱。"

郑先生这么一说，逻辑通了。公司、代孕妈妈要赚钱，必须服务好，而且保质保量。毕竟最后是一手交钱一手交货。

孙安好把车开出天尊别墅，立即原话转述给钱其内。钱其内正在公司里加班，声音里带着倦意："道理是这个道理，那就等着十四天后的开奖吧。"

十四天很快过去。提醒孙安好的，不是钱其内，而是代孕公司的郑先生。早上八点，郑先生给孙安好发了一条短信："上午十点，老地方天尊别墅，抽血查验是否怀上，你带着钱过来吧。"

孙安好赶紧通知钱其内。钱其内立即给孙安好转了六万元。钱其内也是逗得很，他居然在转账说明写道："希望别再好事多磨，直接给我来个惊喜。"

孙安好匆匆吃了个早餐，开上车，一路快马加鞭，不到九点半就到了天尊别墅十二号院。

郑先生在二楼用遥控器给孙安好开了铁门，迎进一楼。

郑先生依然穿着立领衬衫，只不过是颜色变成了黑色，彬彬有礼，像个管家。郑先生说："还是你准时，总是提前到。可以上楼看看美女。"

"看看美女？"孙安好有点迷惑。

"楼上，真的，全是美女，大学生。"一回生二回熟，郑先生说话越来越轻松。

上了三楼，果然看到一排女孩，七八个人坐在一圈沙发上。孙安好在大学教书多年，这排女孩一看确实是大学生，二十一二岁的样子，有人是长裙，有人是半截裙配白T恤还是带字母的，有人短裙加背心，鞋子大部分都是小白鞋，人人都皮肤白白的，互相交头接耳着。

"没骗你吧？"郑先生抛给孙安好一个眼神。

"这些女孩要干什么呢，怎么会出现在这里？"孙安好心中打满问号，但在楼上又不好问，只好找了个理由，"郑先生，我们下楼去，我问问你一会付款的事。"

孙安好和郑先生一前一后下了楼，下到一楼。孙安好跟郑先生核对付款账号、收款人和开户行。信息无误后，孙安好跟郑先生聊了起来："楼上果然都是大学生啊，一个比一个漂亮。"

"下个月还有一批更漂亮的，全是学舞蹈、学表演的。"

郑先生说。

"他们来这里干嘛？生孩子？一看就不是。"

"卖卵啊。"

"卖卵？"

"对啊，我们公司除了提供代孕，还有供卵业务。"

"有人要买卵子？"

"当然。有的男人没有老婆，但他想要孩子，他就可以买一个卵子，跟自己合成胚胎，然后再找一个代孕妈妈，把胚胎移植到代孕妈妈肚子里，最后生出孩子。很多大老板、大明星都这么干，他们不想把遗产分一半给别的女人。还有呢，有的夫妻，妻子没有卵子了，但她想要孩子，但国家政策允许的'赠卵'她又排不上队，怎么办？她也会去买卵子，买来的卵子和自己老公配成胚胎，然后让代孕妈妈怀孕。这种事也是有的，并且越来越多。"

"等等，你刚才说'赠卵'啥意思？"

"真是隔行如隔山啊。咱们国家规定严禁买卖卵子，但允许'赠卵'。'赠卵'对卵子来源有严格要求，它只限于试管婴儿治疗中的剩余卵子。女人做试管婴儿时，有的身体好，不是一次性要取出十几二十几个卵子吗，但她自己可能只要三五个就成功怀孕，那么多出来的卵子，如果本人同意，就可捐赠给其他人。而且每个赠卵者最多只能使五名女性怀孕。国家是有这方面的条文的，你可以查查。"

"哦，还真第一次听说'赠卵'。"

"要拿到'赠卵'很难的，有的人排队五六年都不一定等得到。第一，不是每个人都愿意把自己的卵子提供给别人，老婆愿意，老公都不愿意。第二，现在二胎政策放开了，很多人自己留着，也不愿捐赠了。"

"这样一来，你们的生意好了。"

"可以这么理解吧。"

"那......你这里买一个卵子多少钱？"

"这个看等级的。看你买谁的卵。大学生的卵肯定比打工妹的卵要贵，长得好看的人的卵肯定比长得一般的人的卵贵。"

"还分这个啊！"

"当然，供卵人的学历、相貌直接影响下一代啊。"

"总有个价格范围吧，了解一下。"

"两到五万吧。"

"一个卵？两到五万。"

"对。我们会给客人提供供卵者的详细资料，有素颜照有小视频，还有姓名、年龄、血型、身高、皮肤状况是白皙还是正常、是单眼皮还是双眼皮，还有例假信息、健康状况等等。客人看中某个女大学生后，确认了，我们就找这个女孩来取卵，然后配对。"

"客人怎么知道那个卵就是自己定的人的？"

"现在是科技时代，这个好办。孩子出生后，可以拿着女学生的头发去验DNA。"

这密集对话，信息量好大！

孙安好像个暗访记者，继续和郑先生闲聊着："那这个卵好不好买？"

"当然不好买。一卵难求啊。"

"这么紧俏？为什么？"

"因为咱们国家有'精子库'，但没有'卵子库'。男人供精对身体没什么害，撸一管，千万子孙出来了，但女人供卵就不一样了，生硬地把卵子夹出来，对身体还是有创伤的，另外，女人一个月成熟卵子就一两个，数量少啊。卵子市场永远是供不应求的。"

"哦。"

孙安好"哦"完，只听到屋外响起"嘀"的一声。

"医生到了。"郑先生赶紧按动遥控，打开铁门。

还是那两个男医生。背后跟着两个女子，是钱其内雇佣的代孕妈妈和照顾她的保姆。代孕妈妈似乎胖了点，但脸色不是很好。孙安好看到她，报以微笑，她却一偏头上了楼。

孙安好也跟着上去。楼上的大学女生看到有人上楼，纷纷站了起来，扶着护栏，继续三三两两地凑着头、说着话。

两个医生进了手术室，年长点的打开电脑和设备，年轻点的从桌子底下抽出绿色一次性床单铺好。不一会儿，年轻医生冲着代孕妈妈招手："来，抽血。"

代孕妈妈走过去，保姆跟着。代孕妈妈把手伸出去，年轻医生忙活着，不一会，保姆扶着代孕妈妈出来了。

"很快，验血报告很快就出来，不着急啊，孙先生。"郑先生总是恰到好处地出现在孙安好身边，叮嘱一些话。

"取卵的，可以开始了。"年轻医生在屋子里喊道。

扶着护栏聊天的女孩们，齐刷刷地转身。郑先生像个辅导员，站在她们面前："一个一个进去，出来后，找我转账，支付宝和微信都可以。"

排在最左边的高个女孩看看大家、看看自己，踩着小碎步，进去了。门随之关上。外面的几个女孩随即又恢复了原状，扶着护栏，三三两两，说着闲话。

大约二十分钟后，高个女孩出来了。她做了一个龇牙咧嘴的痛苦表情。等待区的一个女孩，应该是她的好友，冲她挥手。郑先生朝高个女孩走了过去。

高个女孩掏出手机,肯定是找出收款的二维码。郑先生也拿着手机,扫着,按着。不一会,高个女孩把手机亮给郑先生看:"收到了,谢谢。"说完,高个女孩回到同伴群里,低头刷着手机。

郑先生付完款,回到孙安好旁边的沙发上。孙安好忍不住问了一句:"这个女孩的价格是多少?你们要分多少给她?"

"她是四万。公司和她各分一半。"郑先生也不遮掩,实话告知,"这个钱是小钱,有人在我们这里买了卵,自然会在我们这里找代孕妈妈,代孕才是我们的主营业务。"

"订购她的卵子的人是什么人?"

"一个大老板。"

回答完孙安好,郑先生出去接了个电话。孙安好看见那个取完卵的高个女孩正搂着一个同伴,嘻笑着、玩闹着。

郑先生接完电话回来了。又一个女孩取卵完毕。郑先生照例扫码、付款。这时,年轻医生叫了一声:"验血报告出来了。"

郑先生跑了过去,接过了医生手里的报告单。

孙安好、代孕妈妈都站了起来。从不同方向走向郑先生。开奖结果,就在郑先生手里。

郑先生折起报告单:"到一楼说。"

到了一楼,郑先生把报告单首先塞给代孕妈妈。代孕妈妈打开看了一眼，没说话，还给了郑先生，然后自己坐到了沙发上。

"孙先生，有点遗憾。"郑先生把报告单展开，拿给孙安好。孙安好看到一个大大的橡皮章，橡皮章上只有一个字：阴。

"嘿！找代孕妈妈，居然也会怀不上的？！我一直以为，找了代孕妈妈，会百分之百怀上。"孙安好把心里话和盘托出。

"不是的。代孕，它也是试管婴儿，是试管婴儿都会有成功有失败。正规大医院也是这样。"郑先生说。

"唉。"孙安好为钱其内一声叹息。

看到孙安好没有再多说话，郑先生把代孕妈妈和保姆差遣走了："你们自己回去吧，别等了。"

代孕妈妈黑着脸，走了。铁门很重，只见她费了很大力才掰出一条缝，像肉饼一样被生硬夹了出去。

钱其内和代孕公司、代孕公司和代孕妈妈的合同，从此终止。钱其内为此支付了三个百分之十，一共十八万元。代孕妈妈为此折腾了一个多月。"她能分到多少钱？"看着从铁门出去的代孕妈妈，孙安好心里嘀咕着："休整三个月后，下一单业务，她能否成功怀孕，然后一直成功生下孩子，拿足十几万。"

孙安好这么想着，心里对代孕妈妈滋生出一丝同情。

结果出来了，孙安好自觉没有再待下去的必要，准备走出天尊别墅。就在此时，三个男子进来了。领头的人，有印象，是上次见过的耿总，代孕公司的老板。跟着耿总的两人，高大壮硕，一人手上缠满了佛珠，一人脖子上绕着大金链子。耿总似乎忘记了孙安好，他直接带人坐进了最里头的沙发上。

"购买卵子的客人来了。"郑先生送着孙安好，手捂着嘴，悄声说。

"他们现场挑人？"

"算是。他们可以在一楼通过监视器看那些女孩，也可以以工作人员的身份出现在楼上，近距离挑选供卵者。"

"可这两人，一看身体就很好、岁数也不大，为何要买卵生孩子？"

"这是有钱人的玩法，咱们就不懂了。"郑先生把孙安好送到别墅院子后面的停车场，"你回去跟你朋友说说，如果继续找人代孕，我们再签合同，这次争取优惠一些。"

孙安好没说什么，启动车子，走了。

开出天尊别墅，孙安好把报告单拍照发给钱其内。钱其内半天没有回复，估计正在公司忙着，忙着开会、忙着接待、忙着签合同。

一路上,孙安好脑海中挥之不去一个场面,那就是耿总领着的两个购卵者:高大壮硕,一人手上缠满了佛珠,一人脖子上绕着大金链子……或许此时,他们正用手指点着监视器,点评着楼上的女大学生们,相貌如何,身材如何,三围如何,也或许正坐在三楼的沙发上,猥琐地觊觎着一众穿着裙子的曼妙青春。

孙安好把车开回了天尊别墅十二号院,远远地待着。一个多小时后,只见郑先生开着一辆面包车,载着取完卵的女孩们离开了别墅。郑先生的车走远了。孙安好加速冲出去,一个拐弯,开到了天尊别墅辖区的派出所。孙安好报了案。警察立即出动,孙安好则留在派出所里做笔录。孙安好一五一十告诉自己代替朋友接触代孕公司的全过程,看到的、听到的。笔录做着做着,孙安好就听到警察腰上的对讲机传出话来:"报告所长,现场已经控制,人证、物证悉数截获。"

这时候,钱其内电话打来了:"不好意思、不好意思,刚才跟一个地产商签了一个合作框架协议,一旦落实,未来十年,我的公司都无忧了。"

"我现在派出所里,天尊别墅旁边的派出所。"孙安好打断钱其内。

"派出所?"钱其内大惊,"代孕公司被查了?你也被带走了?"

钱其内反应够快。

"你说对了一半。"孙安好说,"代孕公司被查了,我没有被带走,是我报的警。"

"什么!"钱其内大叫,"电话里说不清,你等着,我过来,那个派出所的副所长,姓谷,我还认识呢。"

钱其内不到半小时就飞奔到了派出所。孙安好正好完事,走出派出所小院。

钱其内慌张着问:"到底咋回事?"

孙安好坐进钱其内的大奔驰里,把抽血验孕报告单交给钱其内。钱其内大叫:"代孕妈妈也会失败?代孕妈妈不是身体各项指标都过关的吗?"

看来,钱其内和孙安好是一个认知,以为有了胚胎、找了代孕妈妈就可以百分百怀上孩子。这下好了,钱其内和子莱照样经历了取精、取卵,还白白扔出去了十八万元,结果事情还是回到原点。

"对了,你为什么要报警?"

"供卵黑市。"

"什么叫'供卵黑市'？"

孙安好给钱其内科普了一遍。

"荒唐！"钱其内听完，扭头看着孙安好，"你报警报得好！我支持你。咱们是没办法才找人代孕，但绝不会买个卵子配种。孩子出生了，妈妈是谁都不知道，这好吗？一点都不好。如果是这样，我宁愿不要孩子。"

"你也不是没办法才找人代孕。"孙安好说，"你是有办法，但没有做最大的努力。"

"我想努力啊，但子莱不想。"

"你得继续说服她。你看，代孕也找了，钱也花了，但是这条路还是不通。"孙安好说，"生孩子，还得自己来。"

"还得自己来。"钱其内喃喃自语，"对，还得自己来。"

第八章

第三次试管婴儿

渐渐地,尤曦恢复了她的职场人生。她们公司收购了两家新机构,并购企业的股权、债权,还有员工的劳动合同与赔偿,让尤曦忙得陀螺一样连轴转。

有时候,孙安好睡醒一觉之后,一看表,凌晨三四点了,书房里的灯还亮着。孙安好赤脚走出卧房,轻轻推开门,看到尤曦还弓着背操弄着电脑。她都忘了开空调、电扇,背后的T恤湿了一团,看上去像一朵蔫掉了的暗色的花。

"你先睡,我马上好。"尤曦耳朵尖,知道孙安好站在背后,头也没抬地说。

"你这是第四个晚上了。明天再弄吧。"孙安好提醒尤曦。

公司的事他不专业、也帮不上忙,也只能提醒提醒。

"不行。天亮前必须核实完这堆资料,上午要签并购合同。"尤曦回头看了孙安好一眼。

孙安好不知该说什么。

尤曦伸手握起左边的一个杯子。里面黑黑的液体,是咖啡。尤曦喝了一口,觉得不够,又喝了一大口,放下杯子说:"你看看窗外,最高的那个楼,还有左边尖尖顶的那个楼,是不是灯火通明,那是世界五百强企业,都在加班啊。没办法,企业跟你们大学不一样。"

孙安好站在玻璃窗前。眼前是凌晨四点的城市。很多商业写字楼灯火通明。可以想象,里面的人一定也跟尤曦一样弓着个身子,像一只虫子,手里噼噼啪啪地弄着电脑,时不时来一大口咖啡。人早已不是人,是机器,受雇于企业、商业和时间的机器。

"每个通宵加班的人都是机器人。"孙安好心里冒出一句话,轻轻拍拍身边的"机器人",自己睡去了。

"下午我们出去散散心,晚上吃个大餐,三点钟你到我们公司接我。"尤曦说。

"好。"孙安好上床睡去,一觉醒来已经接近中午。孙安好坐起来看看身边的枕头和床单,没有任何痕迹。"机器人"

尤曦应该是一夜未睡、直接上班去了。

孙安好赶紧起来,把书房里散乱的白纸、文件袋、本子,还有尤曦没有喝完的咖啡收拾干净,自己弄了点吃了,直接去了尤曦公司。

孙安好来到尤曦公司楼下时,尤曦正好在楼下和一个同事交谈着什么。穿着职业套装的尤曦,不能说暴瘦,但绝对是瘦了一圈。因为她身上那身订做的衣服已经显得有点宽松。尤曦是典型的职场"白骨精"——白领、骨干、精英。为了工作会拼命,而且能拼命。你想,连着四个晚上熬通宵啊,这不是一般人能做到的。"这样熬夜,能不损身体吗?"孙安好不自觉想到另外一个话题,"能不影响生孩子吗?"

尤曦看到了停在路边车里的孙安好。谈完后,尤曦上了车。

孙安好以为尤曦已经忘了生孩子这件事。一个多月来,没见她再提一个字。有时候难得一起去小区散步,看到孩子,尤曦倒不会刻意回避,但至少不会勾下头去逗逗、问问:"小朋友,几个月啦?"

没想到,尤曦心里仍装着这事。

一上车,孙安好问尤曦:"尤总,想去哪里?还是直接回家休息得了,你这夜熬的。"

"休什么息。难得工作全弄完了。"尤曦把外面的西装给脱了,"我们去个地方。"

"什么地方?"

"留云寺。"

扭转方向盘,向留云寺的方向。孙安好心想:"几个月前去留云寺说要拜拜送子观音,结果到了山脚下被告知山体滑坡、暂停开放,现在半年多时间过去了,应该恢复正常了吧?"

孙安好想让尤曦到网上查查,免得去了白去。一扭头看到尤曦,嘿,居然睡着了。

"管他呢,去了再说。"孙安好把空调出口扭偏了些,"让尤曦睡吧。去留云寺路上至少得一个小时,正好让她补个觉。"

七月,正是一年最热的时候,日光像一把银子,撒在天地间,刺得让人睁不开眼。但说来也是奇怪,车一开进留云寺范围,天突然就阴了下来,白云似乎在头顶上穿上了防辐射服。车越往里开,树木越来越多、越来越茂密,也越来越高大。有的榕树,像把巨伞,绿油油的,凭空给人很多凉爽。

路上的人不多。"是天热人少,还是仍未开放?"孙安好一边开,一边猜测着。

"管他呢。"孙安好踩着油门,前行着。尤曦还在睡着,稀稀疏疏的树影投在挡风玻璃上,也投在她的脸上,挺诗意的样子。

停车场面前立着的一块告示牌,终结了孙安好的猜测:留云寺仍未开放。

孙安好还是把车开进了停车场。拿停车卡的时候,机器发出的声音,把尤曦吵醒了。树影仍打在她的脸上。尤曦半睁开眼睛问:"还没开放?"

孙安好点头。

尤曦坐直了,环顾四周。孙安好也跟着浏览眼前山景。绿林有风,蝉鸣四起,人少车少,似乎整个世界突然就安静了下来,宛如陶渊明笔下的"采菊东篱下,悠然见南山"。

"没开就没开,管他呢,下去走走。"尤曦说。

"管他呢",这是孙安好一路上的潜台词。没料到,尤曦也来了一句。于是两人下了车。

两人沿着小山道走着。路边有汩汩流下的溪水,溪水上飘着枯黄的叶子,叶子脉络分明,茎是茎,叶是叶。风从山下来,敷面膜一样敷在脸上,一会又自动撕开,接着再敷一张,感觉脸被洗了一遍,毛孔都打开了。

"好久没有这样的闲情逸致了!"孙安好禁不住感叹。

"是啊,我们谈恋爱的时候,怎么没想到来这个地方,多美。"尤曦说。

"谈恋爱？我们谈过恋爱吗？你跟你的工作谈过恋爱，跟你的创业大梦谈过恋爱是真的。"孙安好揶揄尤曦。

"唉，咱们认识的时候，我刚回国，压力太大了。"尤曦说，"以后要好好补上这一课。"

"至少这十年补不上。"

"为什么？"

"公司并购，越做越大，你只会更忙。"

"那也是没有办法的事。上了贼船了。"尤曦摊手。

两人有一搭没一搭地往前走着。突然，没路了。一个绿色纱网横拉着，纱网上挂着牌子：前方施工，禁止通行。

"啥工程呀？半年了，还没修好。"孙安好嘟囔着。

"可见上次的山体滑坡很严重。"尤曦拐着孙安好的胳膊，要往回走。

这时，有童声在身后响起。

扭头一看，两个孩子，一男一女，也就是六七岁的样子，两人并排着，一蹦一跳地唱着歌。

走近了。两个孩子看到了孙安好、尤曦。男孩子问："叔叔阿姨，你们是想上山吗？"

"是啊。"尤曦说。

近了一看，孙安好发现两个孩子还是对双胞胎，眉眼一模一样。

"你们上山想干什么呢?"这回是女孩在问。

"看看山上神仙呀。"孙安好回答。

"哦,看神仙呀,那跟我们来吧。"男孩说。

"我们知道上山的小路。"女孩说。

"走。"尤曦跟孙安好使着眼色。

"走。"孙安好回应尤曦,然后让开路,让两个孩子登上台阶,"我们跟你走。"

两个孩子一个转身,踩着石头,跳过小溪流,往密林深处走去。

孙安好跟上,问:"你们怎么知道上山小路?"

男孩回答:"这你就别问了。"

尤曦又问:"大概要多长时间?"

女孩回道:"这你就别问了。"

孙安好、尤曦闭了嘴。"管他呢",夫妻二人的心理台词再次响起。

密林深处好风光。有说不出名字的果子正挂枝头,红的、黄的、黄中透着红的,红中透着黄的,小如手指头大的,大如鸡蛋圆乎乎的。还有各种花,地上长的,树上开的。天哪,居然还见到了蘑菇,黑亮黑亮的,一大簇,长在小树底下。

林中温度至少比山下低了三到五度，山风过处，别提有多凉爽。

就这么走着，走了半个多小时，突然到了山顶。登上最后一块石板，前方豁然开朗，一片金色的寺庙建筑群，像画卷一样铺开，前后左右，层峦叠嶂。阳光打在黄色的琉璃上，闪闪发光。一直听人说留云寺之壮观，这回相见，算是领略了。

"去找你们的神仙吧。"男孩说。

"顺着原路返回，就可以安全下山了。"女孩说。

没等孙安好说话，两个孩子跑开了，丢下一串没听懂的歌谣。

好奇怪的遭遇！

孙安好没多想，和尤曦走向圣殿前方的广场。

广场有香火袅袅，但没有游客。再走近一看，香炉后面有一个穿着褐色衣服的工作人员正在扫着地。

工作人员看到孙安好、尤曦大感奇怪："你们怎么上来的？"

孙安好把路上遇到的两个孩子、以及抄小路上山的事，告诉了工作人员。

"小路？哪里有小路？我在这里扫了二十年地，我都不知道还有什么小路。"工作人员一脸迷惑。

孙安好不想纠结于此,连忙问:"现在寺庙都还没开放?"

"没有。"工作人员指着紧闭着的朱红大门。

"哦,那也没关系,既然上来了,我们随意走走。"尤曦拉着孙安好走了。

那个工作人员倒是追了上来。他横拿着扫把,还是重复他的迷惑:"居然有两个孩子带你们走小路上到这里,真是奇怪啊。"

孙安好笑笑不答,也没停留,和尤曦走开了。

此时的留云寺,空灵寂静。斜阳穿过树梢,脉脉含情。黄瓦带光,红墙藏暗。风动鸟飞,蝉鸣渐去。人行其中,仿佛回到了远古时代,一袭衣袍,身轻如燕。

孙安好和尤曦沿着圣殿檐下而行,手臂伸开,就能碰到厚厚的朱门。朱门里一定安放着各路神灵。虽然无法看见,但她们一定就矗立在里面,一定的。孙安好几次在内心演起戏来:"要不要隔着这大门,双手合十,参拜一下?"但他看到尤曦一直没有停下步伐,只好继续踩着高高屋檐投下的荫凉前行着。

"再折回走一遍,就下山。"尤曦说。

于是再走一遍。慢走的过程中,孙安好似乎感觉到心里

第八章:第三次试管婴儿

有各种心事在激荡，可认真一想，又发现啥也没有。

就在走完荫凉的一瞬间，"咚"，一记绵长的古刹钟声响起，萦绕入耳，久久不散，像是要在耳朵里住下来一样。

"恰到好处。走吧，原路下山，回家。"尤曦说。

回家路上一路顺畅，每个路口要么是绿灯，要么是红灯闪完绿灯开始。平时至少一个小时的车程，居然四十分钟就到了。把车停好，尤曦说："走，一起到菜市场买菜去，今天要做个白灼虾。"

两人一前一后出了地下车库，一拐出来，右边就是菜市场。左边的摊档卖生鲜，右边的摊档卖肉食，最里头是蔬菜和水果，还有柴米油盐酱醋茶和调料之类。

边走边看。还没走过两个摊位时，一个蹒跚学步的小孩子一颠一颠地跑了过来，他的妈妈在后面追着："跑哪儿去，小心。"妈妈一手捏着一把零钱，一手推着婴儿车。

嘿，可爱的、粉嘟嘟的小屁孩！而且是直奔尤曦而来！

尤曦下意识侧身。谁知道，小屁孩不跑了，咯咯地笑。笑声真的如银铃般清脆。

孩子的妈妈看孩子停了下来，她也停了下来，放慢着脚步，走过来。

孩子居然主动过来抱着尤曦的腿，抱着还不算，小手还一摇一摇的。尤曦被逗笑了。孩子接着扑了过来，扑在尤曦怀里，闪动着黑葡萄似的大眼睛，嘴里口水、舌头乱搅一气，咕噜咕噜、咕噜咕噜的，也不知道小家伙在说什么。

"哈哈，太可爱了。"尤曦眉开眼笑，用眼睛逗着孩子，"小宝宝，你在说什么，快告诉阿姨。"

孩子依旧是咕噜咕噜。

孩子妈妈过来了，看着孩子和尤曦很亲的样子，也没有上去拉开，反而跟孙安好扯起白来："奇怪了，这孩子平时可怕生了，今天怎么这么大胆。"

"男孩还是女孩？"孙安好问。

"女孩。"孩子妈妈说，然后蹲下去，跟孩子说，"妞妞，走了，你的口水都把阿姨的衣服弄湿了。"

孩子依旧咕噜咕噜，手抓着尤曦衣服不放。

尤曦笑着："你叫妞妞啊，妞妞真可爱。"

这时候，另外一个女子——应该是孩子妈妈的朋友，走过来。她看了看尤曦，然后对孩子妈妈说："妞妞跟这个阿姨好像呀！你看那眉毛、眼睛，还有下巴。"

孙安好赶紧看孩子。孩子妈妈赶紧看尤曦。孩子妈妈说话了："还真是，像，真的像。"

孙安好也点着头："是哦，蛮像。"

"真的吗？"尤曦拿出手机，按开自拍功能，"来，看看，拍个照。"

拍完照，尤曦端详起来，自言自语着："还真是有些像，难怪妞妞抱着我。"

孩子妈妈的朋友开着玩笑、打着圆场："你们前世是一家人，哈哈哈。"

孩子终于肯放开尤曦了。孩子妈妈的菜还没买完，也赶紧把孩子抱进婴儿车，走了。走的时候，小屁孩还一个深情回眸，望着尤曦。

尤曦一脸欣喜地跟小屁孩挥挥手，然后拽着孙安好买虾去了。

尤曦头天晚上熬夜，上午开会、工作搞定，下午两人饱览留云寺，晚上共做丰盛晚餐，无比高效、美好的一天。

"早点休息，够累的一天。"十点过后，孙安好对尤曦说。

尤曦也确实困了，于是赶紧洗洗睡了。孙安好则打开电脑回复邮件，为下学期申报的研究项目做些前期准备工作。

一个小时后，孙安好的困意席卷而来。孙安好关了电脑，摸到卧室里，上了床。

孙安好一躺下，尤曦的手抱了过来。一开始是手搭着，然后是圈着，再然后越来越紧，变成了抱着，连身子都挪过来了。

"还没睡！"孙安好重重地说。

"睡不着。"

"累过头了？"

"不是。"

"那是？"

"我们还得继续要孩子。"

孙安好沉默了一会，说："怎么说起这个事？"

"你想想今天的遭遇。"

"什么遭遇？"

"留云寺，两个孩子带我们上山。还有，菜市场，一个孩子无缘无故抱着我不放。"

"是蛮奇怪。留云寺扫地扫了二十年的人都不知道有小路，居然两个小孩知道，还带着我们上山。"

"这是上天的暗示吗？"

"不知道。"

"菜市场那小孩子抱着我、钻到我怀里，嘴里咕噜咕噜的，那种感觉特别美好，小小的、软软的一团肉，哎哟，我当时心都要融化了。"

"那孩子确实跟你像。"

"是吧。"

尤曦松开手,转身抓起床头柜上的手机,按亮,找到那张她和小孩自拍的合影。手机的光映照着尤曦的脸。尤曦看着照片,脸瞬间生动起来:"是哦,越看越像,你看,眉毛、眼睛,尤其这下巴,一个模子。"

尤曦足足看了三分钟。她把手机放回床头柜,然后手又向孙安好这边抱过来。尤曦没有说话,也没有入睡的迹象。孙安好可以想象到,黑暗中,尤曦正望着房间的某个角落,眼睛眨啊眨。

大约十几分钟后,终于,孙安好听到尤曦清晰地说了一句话:"继续要孩子,继续战斗,老娘就不信这个邪。"

孙安好咳嗽一声,吐了一个字:"好。"

孙安好和尤曦重回生殖中心,和负责医生"王妈妈"交谈了一次。此时,距离第二次"试管"失败,已经三个多月过去了。"王妈妈"带着尤曦做了一些检查,下的结论是:"卵巢功能恢复不错,但还是建议间隔时间至少六个月。"

"生孩子,对于我们医生来说,一方面会告诉你,确实,它是医学、是科学,但另外一方面,真的,它就是一个缘分,孩子和父母的缘分。所以,不要过于着急。""王妈妈"说着往椅背后一靠,"跟你讲个我自己的故事吧。我二十五岁结的婚,跟初恋对象,他是个地质科学家,长得可像现在的一个港台明星,叫方什么来着,方中信,对,方中信。我们那时候哪有避孕一说,一结婚那就是要孩子呗。但是跟你们一样,就是不成啊。我们那个年代多保守啊,都还没改革开放。生不出孩子被人指指点点、说难听的闲话。我是医生,他是科学家,我们也都是知识分子,也有自己的独立性,一开始还我行我素、二人世界一样很开心很快乐,但后面双方父母加入了催逼队伍,七大姑八大姨天天说天天问,他扛不住了,我也扛不住了。最后怎么办? 离婚。我们感情好好的,却离婚了。我们离婚是迫于压力,是棒打鸳鸯啊,我们两人哭得死去活来。几年后,他有了新的家庭,我有了新的家庭。这时候你猜怎么着? 我们几乎同时有了各自的孩子。他老婆轻轻松松怀孕了,我也轻轻松松怀孕了。更巧的还在后面,五年后,他老婆因为破伤风去世了,我那位因为生产事故去世了。我们两人又复婚了。复婚第二个月,我就怀孕了,我们有了自己的孩子。你说,这怎么解释? 这孩子跟父母就是一个缘分。你说这是神秘主义也好,你说这是宿命论也好,总之它就是这样。当然，我们该做的工作、该做的检查、该做的努力还得继续做，但它确实急不来。"

没想到"王妈妈"还有这么一段故事！这段故事鼓舞了尤曦，也鼓舞了孙安好。走出诊室，尤曦握着"王妈妈"的手，紧紧的，没说一句话。

"保持联系。""王妈妈"说。

孙安好和尤曦的生娃之路，又开始了。跟当年"封山育林"一样，把生活作息调整规律。早起早睡，这是必须的；每天运动半小时以上，这是必须的；每天晚饭后悠长地散步，这是必须的；饮食该补则补，这也是必须的。

尤曦依旧按照自己的生理期，规划出"安全期"、"危险期"，圈在日历上。只是，"危险期"不再那么苛求非得一二三四五六七八九九天都要"执行任务"，取而代之的是机动性、灵活性。尤曦也不再每天早上就去验尿，不再举着一个验孕棒灯下看、窗下看、阳台上看。验孕棒没有变色，也不再叹息，更不再恼怒，该吃早餐吃早餐，该去上班去上班。

这让孙安好也觉得自在多了。孙安好心里安慰自己："来吧，咱们来打一场持久战吧。"

放松心情的孙安好，赶在暑假结束前，主动约了"宫内好运"的群友们。他们都请客吃饭过，自己也应该尽一次义务。孙安好心里是这么想的。

孙安好在微信群里依次@赵一宫、钱其内、李丙运："今晚聚聚，随意聊聊。六点，我们学校的'学苑餐厅'。"

"好，跟着孙大教授逛逛大学校园。"李丙运第一个响应。

"OK。"钱其内也回复着。

就是赵一宫始终没有回复。这个赵一宫！

大家很快聚齐。

"学苑餐厅"安静、清雅，墙上挂着学校师生的字画，也都是简约风格。

三个人的所谓"随意聊聊"，自然还是离不开那两个字：生娃。

钱其内找人代孕的事，李丙运是不知道的，孙安好自然也略过了这件事，直接问钱其内："和子莱的工作做通了没有？"

"这一次算是真正做通了，自己动手，丰衣足食，下一个月去移植之前冷冻过的胚胎。"钱其内还打开手机，让孙安好看他和子莱去生殖中心检查的结果："医生说，这次检查看，子莱的卵巢指标要比上次好一些。"

"这次肯定没问题。你们两人都没问题。古人都说了，事不过三。"李丙运估计是饿了,把先上来的凉菜吃了一半。

"对,事不过三。"孙安好冲钱其内笑了一下,"你也是啊,钱总,事不过三。"

钱其内想起地下代孕那次,瞬间懂了,拿着茶杯跟孙安好一碰:"事不过三。"

"等等,差点忘了,我给你一个宝贝,我特意抄来的,一式两份,送给你们。"李丙运弯下腰去,眼神贼溜着,很久才从地上挎包里抽出两张小纸片。小纸片分开,一人一张。孙安好打开叠了好几层的纸片,一看,嗬,求子符——《观世音菩萨求子疏》!

孙安好、钱其内相视一笑。钱其内举着茶杯说:"兄弟,有心了,感谢。"

李丙运嘿嘿地笑:"不要嫌我字丑。空白的地方,你们自己填上自己的名字。"

那天晚上的聚会相比前几次都短促。三人表面轻松,心里仍带着任务。李丙运老婆肚子翘得很高了,一个月之后是预产期。钱其内经历了地下代孕而不成之后,也只好退回正轨,不得不继续"试管"。孙安好、尤曦是铁定了心地,第三次再战"试管"。

尤曦是行动派。打定主意后，不仅生活、作息、饮食恢复到备孕时刻，还提前去医院做了检查。"王医生'王妈妈'的助理说我的各项指标不错，这个生理周期就可以降调、促排。"九月开学不久，尤曦拿着一堆报告单给孙安好看。

"要不要再等等？再等一个月，等身体恢复得更好？"经历了这么多次的反反复复和无常之后，孙安好突然有了一种不着急的心情。如果医生说再等半年，孙安好也不会嫌时间长。这是一种很奇怪的感觉。

"我无所谓。"尤曦居然也是这个想法，但她突然又加了一句——可能是"无所谓"这个表达太不负责任了——"我明天再问问医生，要不要这么着急。"

"好。"

闲着没事，孙安好和尤曦聊起自己替钱其内办"地下代孕"的事。孙安好把其中见闻绘声绘色描述了整整半个多小时。

"我最感兴趣的是政策内允许的'赠卵'。"尤曦听完问，"如果我的卵子有多余，你会同意赠送给没有卵子的人吗？"

这个问题好难回答！

孙安好回避了直接回答，转而说："关键是，接受的人会怎么想，尤其是女方，她用别人的卵，和自己老公配对，最后生出孩子，那还是她的孩子吗？"

"你这个多虑了。很多人的观念是可以超越这个层面的。很多妻子自己没法给丈夫生孩子，她当然渴望丈夫能有自己的孩子。"

"好，那我问你，你愿意捐出自己的卵子，赠送给不能排卵的夫妻吗？"

"你这个老狐狸，把我的问题丢回给我。"尤曦斜了孙安好一眼，思考了很久，最后来了一句，"挺难回答的。"

"那我再给你补充一下，也是我自己查到的内容。"孙安好说，"国家政策有规定：'捐献卵子'的女性和'接受卵子'的家庭之间永远不会见面，双方永远不会知道对方是谁。也就是'双盲'原则。同时，双方还需要提供直系三代以内的亲属信息，以防'近亲'的可能。"

"如果这样，我可以接受。"尤曦说，"关键是男人会接受吗？"

"接受的应该少吧。虽然是'双盲'，但多多少少心里都会嘀咕，咦，这个世界上，我老婆的卵子和另外一个男人的精子配对过，还生下了一孩子。"

"看，我的接受度比你高。"

"你是海归。"

不能再聊下去了，这不是个好话题。孙安好和尤曦当下的任务是早点休息，第二天早上去听听医生的建议。

第二天早上，孙安好和尤曦出门晚了半小时。晚出门的半小时，被尤曦化妆化掉了。尤曦走出客厅，一身精致：穿了一件红色七分袖的裙子、脚上穿的是平底鞋，但手里勾着一双高跟鞋，头发电过，微微的波浪卷起在发尾，细看，眉是描过的，细细的项链是刻意配上的。

想起来了，尤曦说过，上午十一点，公司又有一个新的并购合作，会有一个小小的酒会，她要兼职司仪。

好在路上不怎么堵车，到了医院，车一开下停车场，正好一个停车位空出来。孙安好和尤曦到达生殖中心的时候，正好八点。一身大红裙装的尤曦，在生殖中心里显得有点扎眼。每个人看着尤曦很精神的样子，自己似乎也变得精神了，眼睛有了光彩。孙安好差点产生了一个错觉，觉得自己夫妻两人不是来看病的，而是结婚蜜月旅行，只不过走错了地方。那是一种美好的感觉。

医生"王妈妈"也啧啧称赞尤曦，摇着肩，唱着歌："好一朵美丽的茉莉花，不对，花儿为什么这样红、这样红。"

尤曦赶紧说明这身打扮是因为上午十一点要回公司当司

仪，然后递上一摞报告单。"王妈妈"一一翻看，看完后说："指标不错，这个生理周期就可以开始。"

尤曦打开记录例假的一个 App 给"王妈妈"看自己的生理周期。"王妈妈"脱下老花镜，点着手机屏幕："择日不如撞日，巧得很，今天就可以打针了，十天后取卵。"

在医生面前，孙安好没有再问"要不要推后一个月"。那不是自己的专业。何况医生都说了"择日不如撞日"。那就撞吧。

红裙尤曦跟着护士去打针。孙安好留在大厅长椅上。大厅还是那个大厅，永远都是满满当当的人。这个世界也真是奇怪啊，居然有这么多人为生孩子这件事操如此大的心。抛开科学的因素，这里有没有一些神秘的东西在里面？孙安好想到了《圣经》："上帝创造了亚当和夏娃两个人，这两人忍不住诱惑，偷吃禁果，结果有了很多人。亚当和夏娃违背上帝的旨意，这就是所谓'原罪'，人都是亚当、夏娃的后代，自然就继承了这个罪性。不孕不育会不会是这罪性的一个体现。"

孙安好一路思考下来，觉得有点扯有点荒唐，赶紧刹车。这时尤曦针打完，也出来了。

孙安好把尤曦送到公司。下车前，尤曦换下平底鞋，穿上高跟鞋，扭头问了一句："美吗？"

嗨！尤曦咋变成这样了？自恋可不是她的风格。

"美。"孙安好接话，然后觉得回答得还不够，又重复了两遍："美、很美。"

"以后干什么事就是要美美的，振奋起来！"尤曦有点话不着调。

"没问题。美是刚需，美是第一生产力。"孙安好更加话不着调。

果然，接下来的日子，尤曦都是美美的。当然不再是大红裙，取而代之的是各种风格：波西米亚、学院风、日系、田园风、复古、淑女、文艺、民族，各种范式。虽说脸上是素颜，但衣服的光彩、人的自信，会映到心里，照在脸上。

"美吗？"

"美。"

"美在哪里？"

"出门再说。"

两人就这么一唱一和着，每天早上八点准时到达生殖中心。尤曦的出现，让大厅里的"低头一族"有了一次缓解颈椎酸痛的机会。人们看着尤曦神清气爽地看医生、打针、坐下、休息。人们似乎也神清气爽了。尤曦像一股清流，流淌在生殖中心里。

"王妈妈"、助理、打针的护士，也需要这股清流。大家都轻松了许多，聊天的话题都多了起来："过两月打折季了，香港现在还有什么地方好逛的？没逛头？东京呢？""现在流行的阔腿裤，怎么穿才避免矮矬肥？"

打完促排卵的针，尤曦还是要去公司上班的。上班要穿的职业裙装就挂在车里。到了公司写字楼，尤曦提着职业装，转进一楼的卫生间换上。摇身一变，如假包换的职场精英。

似乎，尤曦这次是彻底放松了。

"我呢？"孙安好问自己，"我好像紧张了。"

孙安好赶紧深呼吸："放松、放松，一切顺其自然。"

到了取卵日。一切手续、过程，都熟悉得不能再熟悉。孙安好把尤曦送进玻璃门，穿堂风吹起。风把尤曦的布裙吹起，尤曦俏皮地模仿玛丽莲·梦露做了一个手掩裙摆的动作。孙安好忍不住乐了。

尤曦把手机交给孙安好，然后悄悄说："我今天穿了红色内衣，我拍了自拍，在手机里。祝我们好运。"

尤曦说完就进去了。走廊喇叭里在叫她名字了。

尤曦取卵，孙安好取精。

生殖中心的取精室，孙安好也已经不止一回生二回熟了。把明晃晃的白炽灯给罩上红包，光线瞬间压暗，变得暧昧。调节好呼吸，看着墙上的裸女海报，展开想象。这次状态难以进入。始终有一个数字在干扰着孙安好。这个数字就是三。尤曦这是第三次做"试管"了。虽然说"试管"没有次数限制，只要卵巢、子宫好就可以。但不可回避的事实是，做试管过程中促排卵以及其他用药对女性的身体还是有影响的，次数越多，成功率可能就越小。"如果这第三次还不成，第四次呢？"孙安好问自己，"还会有第四次吗？"

越想越挫败，身体完全失去控制，疲软了。

孙安好一头大汗。

"不行。"孙安好赶紧打住自己的胡思乱想。

孙安好眼前浮现尤曦每天穿得美美的，上生殖中心打针、看医生的样子。尤曦的乐观和淡然让孙安好安静下来。孙安好重新调整好呼吸。呼吸调节好之后，孙安好想起尤曦手机里的自拍照。手机没有设置密码，一点进去，果然看到了尤曦自拍照，好几张呢。这些照片，与其说尤曦要展示她的红色内衣，不如说是展示她的曼妙与性感。

孙安好脑海浮想联翩，那都是自己跟尤曦夫妻间的、既隐秘又浪漫又生猛的床笫之事。加上眼前尤曦惹火的自拍照,孙安好渐入佳境。

终于,任务完成。

孙安好赶紧把有了重量的塑料小杯子送进"精液标本存放处"。很快听到实验室里的人在里屋拉开窗户又关上。孙安好赶紧拉开自己这边的窗户,果然,塑料小杯子已被取走。孙安好合上窗户,心情复杂。既轻松,又沉重。轻松的是,已经买好了奖票,沉重的是,几天后开奖结果又是未知。

孙安好不自觉地双手合掌,朝着小窗户轻轻鞠了一躬。

三天后,两个新鲜培植的胚胎顺利放进了尤曦的体内。

一个多小时后,尤曦回到大厅。孙安好把她扶好坐稳。尤曦坐在一边,忍不住偷笑。孙安好奇怪,赶紧问:"你这是啥意思?"

尤曦说:"移植完,医生让我躺一边休息。结果,我又做梦了。上次我是梦到一个医生提着B超仪在我肚子上划来划去,然后说'里面是个女孩'。我怎么老是在医院做梦?"

孙安好不愿意听下去,免得增添心理负担。梦能预示什么?梦到底是反的,还是正的?谁也说不清。

但尤曦却不管不顾地说了起来:"我梦到我们去一个少数

民族的地方旅游，然后一路上就有人给我们送南瓜，好大好新鲜的南瓜。这个梦就这么一直循环，走路、送南瓜、好大好新鲜的南瓜，走路、送南瓜、好大好新鲜的南瓜。"

"梦到南瓜，好事呀。"孙安好脱口而出。他想起，一周前，一个来自湖南某个少数民族地区的学生讲过的一个风俗：在他们当地，如果哪家有小媳妇新婚不孕，亲朋好友会去她家偷一个最大的南瓜。南瓜偷来后，先挖出一个孔来，往里面灌满臭烘烘的隔夜馊水，并且用一根红辣椒塞住小孔。大家一起把这个处理过的大南瓜送到小媳妇家里，祝她早生贵子。接着呢，会有人把南瓜放进小媳妇的怀里，然后突然拔掉辣椒，臭烘烘的馊水自然流在她的身上。亲朋好友们要么学着小孩子的奶声奶气说话，要么哄堂大笑。小媳妇和家人不仅不觉得臭，反而会以此为荣，并向大家发糖果、敬烟敬茶。

孙安好把这个"臭臭"的地方习俗说给尤曦听："在民间看来，南瓜、冬瓜里面的种籽很多，这是生命力的象征。有的地方还送蛋呢。蛋也是繁殖生命的象征。因为古书记载在盘古还没开天辟地之前，宇宙就是一个大鸡蛋。等到一万八千年以后，天地开辟，阳清为天，阴浊为地，人降于世，从此生生不息。"

中国民间文化博大精深，讲三天六夜都讲不完。看到尤曦像个小学生一样听得发呆，孙安好关上了话匣子："回家，接下来是要歇着的。"

"歇着可以。但是你别在家陪我。"尤曦提了新要求，"你上你的课，不用请假，也不用跟别的老师调课，我自己在家自己搞定。"

"行吗？"

"当然。"

"那行。"

孙安好觉得这一切都是为了放松、放松、再放松。不放松，跟之前一样事无巨细，又能怎样？前两次，孙安好连稍微带点刺激、重口味的电影都删除了，书也藏起来了，又怎样？不照样还是没有成功。孙安好觉得这一次不该再如此小心翼翼了。

此后，每天的生活内容和节奏，孙安好和尤曦基本没有大的变化。上午有课，孙安好就早上出门，早餐会在楼下吃。尤曦晚起，自己下厨解决。下午有课，孙安好提前弄好早餐，和尤曦共进；接着孙安好备课或者处理杂务，尤曦卧床，或者自己捯饬一些小家务；午饭之后，孙安好出门，尤曦午睡；下午课上完，回到家，得六点多钟，尤曦有时候会把饭菜做好，有时也会等孙安好回家掌厨，因为肉、鱼、青菜都已经切好了，配料也备好了。晚饭后，小范围散散步，然后十点半左右洗洗睡。睡倒是比往常睡得早了。

不过，几天后，如此"平静"的生活，还是被打破了。

这次轮到孙安好坐不住了。

孙安好心里起了涟漪："这次有戏吗？"

但这话不好当面说出来。尤曦好像真的不着急。因为再也没有看到她早上悄悄起来验尿。

"难道是验孕棒用完了？"孙安好偷偷查看床头柜，一、二、三，柜子里还有三个验孕棒，整整齐齐地摆着。

两天后再检查，三个验孕棒确定没动。这次，尤曦还真稳得住啊。

相反，孙安好百爪挠心，总想提前知道点答案，但又无可奈何，只有干着急的份。

马上就要迎来医院的抽血验孕时刻了。想提前知道答案的孙安好，在抽血验孕前一天晚上，趁着尤曦在客厅，再次查看卧室床头柜。这次，他惊人地发现：三个验孕棒不见了。

"尤曦什么时候用掉了验孕棒！结果如何？怎么没见她吱一声？"孙安好脑门嗡嗡直响，"尤曦验孕了却不说，十有八九都不是好消息吧。"

孙安好瞬间双腿无力,倒在床上,直到看到尤曦进了房。

孙安好假装倦意满天飞,哈欠连连、双目微闭,暗地里却聚集了所有的目光观察尤曦。看不出尤曦有什么异样。她的脸上、她的眼里,没有发现隐忧,也没有找到暗喜。似乎那三根验孕棒,尤曦压根就没用过。

"怎么可能!尤曦肯定验孕过。但她为什么不说?担心我接受不了悲伤的事实?"一整宿,孙安好怀揣这个问题,睁眼无眠。

第二天一早,生殖中心。抽血不过是几分钟的事,但在等待报告的过程中,孙安好却觉得时间漫长如年。"这不是第一次第二次,这是第三次'试管'了。"孙安好不敢再继续想下去。

不知道尤曦哪里来的淡定。只见她抱着手,身子直直,耳里听着音乐,闭目养神。尤曦越闭目养神、不为所动,孙安好越坐立不安、不知所措。

觉得有点压抑,孙安好起身上了厕所,用冷水洗了把脸。孙安好发现自己脸如菜色,赶紧用力搓着,很久才有了点血色。

就在这时,突然看到一个熟悉的身影,嘿,钱其内!

"钱总!"

"孙老师！"

两人互打招呼。

"你今天？"孙安好问。

"子莱今天来打针。"钱其内答。

"工作是彻底做通了。"

"做通了。你呢？"

"刚刚抽血，等验孕报告。"

"大事！难怪看你神情好紧张。"

"能不紧张吗？"

"那是那是。换了谁都紧张。"钱其内推着孙安好走出了洗手间。两人走到大厅门外，继续聊着。

钱其内说："我觉得这次上天不会亏待我们。"

孙安好问："为什么？你贿赂上天了？还是上天突然发现我们是他走散多年的亲人？"孙安好在钱其内面前还是要展现知识分子的理性、从容，故意开着玩笑。

"我是昨天听了一个故事，觉得上天不应该亏待我们这样的好人。"

"什么故事？"

"这个故事讲，有一对夫妻结婚好多年，都没有孩子。他们呢，也没想过要去医院检查一下。这男的一赌气，在外面找了个小三。没两个月,小三的肚子大了。男的开心死了,立马踹了老婆,离婚了,说老婆没有用,连孩子都生不了。离婚了,这妻子很快跟别人组成了新的家庭,而且很快也怀孕了。原来,生不了孩子,是她前夫的问题。你肯定会问:那个小三的肚子,又是怎么大起来的呢?真相是:绿帽!小三给他戴了绿帽。"

孙安好忍不住"扑哧"一声:"这可以拍成一部电影,名字叫《渣男生殖记》。不是当官升职的'升职',是繁衍生殖的'生殖'。"

"好创意!"

孙安好接着又问:"但是,你说这个,跟我们有什么关系?"

"咱们不是渣男。咱们一直积极面对现实,没有乱搞,也没有对另外一半有任何的猜疑和歧视。咱们是好人,好人一定有好报。"钱其内终于绕回来了。原来他要阐述这么一个道理。

"嗯,好人有好报。"孙安好拍着钱其内,往大厅里走。这时,只见子莱打针出来了,看到孙安好,客气地叫着:"孙老师好。"

尤曦正寻找着孙安好,也看到了钱其内、子莱二人,连忙打招呼。大家拥着过去，坐在尤曦周围。这个时候能说什么好呢？大家都不知道说什么好。只好傻傻地坐着，看着大屏幕上滚动播出的优生优育宣传片。

"尤曦，过来。""王妈妈"诊室传出医生助理的声音。孙安好扶起尤曦走了过去。钱其内、子莱跟着，最后停留在门口。

"王妈妈"示意助理把报告单递给尤曦。

尤曦拿到。尤曦没看，转给孙安好。

"什么意思？尤曦早知道了答案？还是不敢面对现实？"孙安好心都快提到嗓子眼了。

孙安好眼光直接移动到报告单的右下角。

一个大大的"阳"字。

呼！孙安好重重、长长地吐了一口气。气息把报告单都吹动了。

"是'阳'。"孙安好把报告单递给尤曦。

尤曦看完，交给了"王妈妈"。

"高兴的事。万里长征走出第一步。""王妈妈"说，"这次结果比上一次好，上一次也是阳，但数据没有这么好。继续放轻松，像前段时间一样，把心情搞得美美的，好好保胎，等待一超、二超通过吧。"

第八章：第三次试管婴儿

门一打开，子莱拿过报告单一看，立刻抱着尤曦："大好事，祝贺、祝贺。"

尤曦笑笑，拍着子莱。

"万里长征走出第一步，第一步。"孙安好对钱其内说，"你们也要加油，等你们的好消息。"

回家路上，车里，孙安好拍拍尤曦："高兴点。"

尤曦抓过孙安好的手："只能暗喜，不敢太高兴。"

看来，尤曦也是紧张的。谁能不紧张呢？除非这事跟他无关。

孙安好问起验孕的事："你悄悄验了尿，干嘛不告诉我？"

"一个怕空喜欢一场、让你失望，一个还不是怕你紧张？"

"你不告诉我，我才紧张，昨晚一夜未眠。"

"今天好好补一觉。接下来，我得以床为伴了。"

"继续保持你之前的心态，不必太紧张。"孙安好说。

"那你还是去上你的班，不必请假，也不必跟别的老师调课。我自己搞定。"

孙安好心里犹豫着，最后吐出一个字："行。"

又是十四天的等待和煎熬。孙安好有一个小发现，在生孩子这件事上,"十四"是一个重要的数字。你看,移植后十四天抽血验孕;验孕通过后十四天做第一次B超;第一次B超通过后再过十四天做第二次B超。还有,女性的平均生理周期是二十八天,也就是两个十四。再推一下,十四又是两个七。七,在基督教里意味着上帝创造世界。上帝用七天造出了亚当,然后取出亚当的第七根肋骨造了夏娃。魔鬼撒旦原身是七个头的火龙。十六世纪的基督教直接用七个恶魔的形象来代表七种罪恶,即傲慢、嫉妒、暴怒、懒惰、贪婪、饕餮、贪欲。另外,他们还讲世间有七种恩惠,即智慧、聪明、谋略、能力、知识、虔诚、敬畏上帝。瞧,七,不仅象征罪恶,也象征智慧。那么"十四",则是双倍的象征,要么极好,要么极坏。

十四天之后,消息到底是极好还是极坏?孙安好只能默默祈祷加耐心等待。

祈祷之余,是心不安。几次,孙安好把车都开出小区里的车库了,又停下来。他总觉得自己忘了向尤曦交代什么。忘了交代什么呢?缺吃的?少穿的?似乎又没有。孙安好觉得是自己想回去再看一眼尤曦,看看她是在安静地歇着,还是各种忙乎着。显然,自己是不能这么干的。那会让尤曦看出自己的紧张。为了不让尤曦看出自己的紧张,孙安好甚至会刻意一个上午一个下午都不给她打电话、发信息，甚至有时候提前到了家楼下，也不着急上去。孙安好就是想营造出一种正常的、日常的生活，不要再把生孩子这件事当成生活的唯一。可其实，孙安好恨不得在家里的每一个角落都装上监控器，连到手机上，密切关注尤曦的一举一动。

时辰终于到来。要做一超了。

那天，孙安好早早醒了，但临出门前刻意磨蹭了半天，说是学校里有个课题报告提交不了，估计是在线平台出了问题。尤曦似乎也没有着急，至少嘴上没说什么，自己坐在沙发上安静等着。是的，就像等待审判结果一样，判决书早已写好了，早十分钟晚十分钟得到结果，又有什么关系。孙安好、尤曦从未有过如此的耐心。

到了生殖中心，"王妈妈"诊室门口有人排队。孙安好把尤曦安置好，自己跟着排着。生殖中心的大厅真的很像早晚高峰期的地铁站，总是满满当当的。有的面孔已经很熟悉了，有的面孔则第一次见。这个地方收留过多少人的喜怒哀乐？没有来过这个地方的人，永远感受不到它的特殊的、复杂的气质。而它的表面却是那么的平静。

轮到了。孙安好喊了一声"尤曦"。尤曦手往前探着，慢慢过来。

"王妈妈"的助理撩开布帘，搀着尤曦的胳膊。布帘放下来。孙安好坐下来。"王妈妈"正在低头写着什么。孙安好自觉没有什么话要跟她说，便没有说话。

布帘里，尤曦爬上了B超台。B超机的仪表盘亮着蓝光。助理的手在指指点点。"开始了，手放松。"助理说。

孙安好发现自己的手一直抓着板凳边缘，紧紧的。听助理这么一说，赶紧松开了。

"轰轰""轰轰"，熟悉的声音响起。孙安好睁大眼睛看布帘，感觉声音随着助理的手势移动而变强或者变弱。

"轰轰""轰轰"，持续了十分钟，停了。

"下来吧。"助理的影子移动到B超台边。助理在扶尤曦。尤曦坐起来，脚移动到地上，踩稳了，人下来了。

尤曦从帘子后出来。"王妈妈"说："坐。"

助理也从帘子出来了，手里一张带着图像的报告单，放到了"王妈妈"桌子上。"胎心很好，胎芽也很好。""王妈妈"说。

孙安好这时发现不知道什么时候自己的手又抓着板凳边缘了，紧紧的。

"我调出上次一超结果，咱们对比下。""王妈妈"手指戳着键盘，脖子伸着，眼睛看着电脑屏幕。

孙安好想把身子前倾过去，替王医生看看。这时候，助理绕到"王妈妈"身后，灵活地调出了几个月前的一超图像报告。

"看到了，各个指数都优于上一次的。继续放松养胎，两周后，过来二超。""王妈妈"向后拢着她的白发，先看着孙安好，然后目光再移到尤曦身上，微笑着说。

出了诊室，直接回家。尤曦还是沉默着，克制着自己的情绪。一超通过，仍是万里长征只走出了第一步，二超通过之前，一切都还是黎明前的黑暗。孙安好也不敢太喜形于色。一切都不能掉以轻心。

车里，尤曦出神地望着窗外，路边是一年四季常绿的小叶榕，它们枝头如盖如伞，庇护着行人与车辆。榕树下还种着各色小花。榕树枝叶缝隙间，可以看到远远近近的高楼大厦，以及玻璃幕墙上映着的蓝天白云。这是一座国际化大都市，更是一座美丽之城。但看得出，尤曦此刻还没法享受这美丽景色。

又一个更难熬的十四天。

尤曦还是坚持让孙安好正常上班，她自己搞定自己的生活。

孙安好依旧坚决地回答一个字："行。"

胚胎刚刚着床，心情稳定大于一切。这个孙安好和尤曦都心知肚明，一切交谈都只是形式，大家都是"老司机"，早已心照不宣。

孙安好微微做出调整的是，家里卫生间、浴室都铺上了厚厚的防滑垫，尤曦穿的拖鞋也换成了防滑的。

这期间，孙安好独自去了趟留云寺。那天本来是早上的课，但一个新来的老师请求换课，换成下午。想到一个上午无所事事，孙安好开车去了留云寺。

去留云寺，似乎是下意识的决定。

留云寺已经全面开放了。停好车，孙安好沿着登山道，一口气到了顶。山顶上的寺庙，在槐树、柏树之间静默、呼吸。广场上有远来的香客，也有家住附近来健身的市民。香客们手里拿着大把大把的黄香，他们在炉子边点燃，然后双手握着，插进中间最大的炉子里。高高矮矮的香，在阳光下悄无声息地燃烧着。走近了一看，浓浓的白雾正在升腾。上香的人或者跪拜，或者站立作揖。他们的后背流着汗水，脸上冒着汗珠，但这并不干扰他们的专注和虔诚。

又见到了那个扫地的工作人员。他也认出了孙安好。他依旧是横拿着扫把说话："这次不是两个孩子带你走小路上来的吧？"

孙安好笑笑，摇头。

"我在这里扫地二十年，真没听过有什么上山小路，太奇怪了！哪里来的神奇孩子？"他依旧没放下那个问题。

孙安好继续笑着。

"你上次来，大雄宝殿门是关着的，这次来得好，方丈正在藏经阁讲课，专门对外开放的，你可以过去听听，看看还有没有位置。"

"好的，谢谢。"孙安好避开日头，进了大雄宝殿。

藏经阁在大雄宝殿后面的半山上。沿着弯曲窄小的石头路，孙安好拾阶而上。

果然，很多人都聚集在藏经阁里。这些人有的穿着便服，更多的穿着海青居士服。大家安安静静坐在蒲团上。最里头，是一个穿着袈裟的和尚，体态微胖，那一定是开讲的方丈了。

开讲似乎到了问答的环节。方丈脸上含笑，看着底下的信徒和听众。

嘿，居然有人提问："佛讲一切都是缘分，那么夫妻以及父母跟孩子又是一种什么样的缘分？"

方丈笑笑，然后娓娓道来："浙江杭州城隍山城隍庙门口，有一副对联，是这么写的：夫妇本是前缘，善缘、恶缘，无缘不合；儿女原是宿债，欠债、还债，有债方来。你看，夫妻两人，千里来相会，结合在一起，可是它不代表就一定是好姻缘，有的夫妻吵一辈子，闹一辈子，痛苦一辈子。孩子呢，是因为有债务关系，才有父母儿女关系。所以我说，人生因为男女有感情而结为夫妇，继而爱情有结晶有了儿女，美其名曰人生圆满、天伦之乐，其实你要理解深一点，这哪里是圆满、快乐，分明是痛苦，不过人都是喜欢苦中作乐罢了。人生因缘道理，都藏在这副对联里，你懂了，自然心里就平静了。该来的姻缘，一定会来，该来的子女，一定会来。来了，会怎么样？也许好，也许坏，你接受它就是了。接受了，苦中作乐，才可能创出新的世界。"

方丈这席话，怎么跟王医生说的那么相像？还真的是世间万物皆有缘分？

孙安好站在门口没有继续听下去，便沿着藏经阁的路继续转悠着。不料曲径通幽，转着转着就转下来了。突然，眼前一阵香火缭绕，一个不宽的木门进进出出着男男女女。

抬头一看牌匾，此处正是留云寺大名鼎鼎的送子观音殿。

只见男女中，女占多数，有年轻女子，也有老年阿姨，有夫妻结伴，也有母女同行。他们在殿门口净手、燃香，然后排队进入殿内。有人很快跨出门槛，有人则久久不见出来。

孙安好站在台阶上，对着殿门口静默了片刻。他能想到观音塑像上那慈祥含笑的眉眼，还有怀里或者脚下的胖娃娃，胖娃娃估计还光着身子，圣洁、和美，让人心静。

孙安好轻手轻脚就这么路过了送子观音殿。藏经阁的随意一听和观音殿的不经意偶遇，足以让孙安好心静许多，这是他此程最大的收获，够了。

"一切等缘来。""对，一切等缘来。"孙安好返回学校的时候，自己跟自己对白了一句。

没料到，孙安好独上留云寺的当晚，尤曦就出现了意外。

意外发生之前没有任何征兆。孙安好回到家时是六点，尤曦正在阳台上侍弄花草，客厅里有音乐。桌子上摆着三盒外卖。

"我叫的外卖，好想吃点辣的，叫了一个水煮牛肉，其他都是清淡的青菜、鸡蛋。"尤曦说。

"好。那就早点吃完，早点下楼散步，然后早点休息。"孙安好拉开餐桌旁的木凳子，从厨房里拿出碗筷。

饭桌上，尤曦还让孙安好讲古人求子的故事："你上次说的送臭南瓜的故事，挺好玩。再讲讲其他的呗，调剂下，孙老师。"

尤曦如此调侃，想必心情是放松的。反正是古人的民间习俗，孙安好觉得讲讲也无妨，于是讲起来："古人求子，说白了还是缺啥补啥。比如古代，在杭州、安徽一带，新婚夫妇会去娘娘庙，娘娘庙有许多泥娃娃。那么，新婚夫妇烧完香、磕完头后，还会掏出一卷线，拴在泥娃娃身上，然后用红纸包起来，带回家。带回家后，要把泥娃娃供在祖先牌位旁边。有的还要每天给泥娃娃盛饭装菜，一日三餐，跟正常人一样。"

"类似送臭南瓜那种好玩习俗呢？"尤曦听得饶有兴趣。

"讲个不好玩的。有一种求子习俗叫'棒打媳妇'。"孙安好说，"古代，福建一带，会有这种习俗。就是乡亲们看到新婚女子会拿竹竿打，看见就打，边打还边问'怀上没有？'，如果女子回答'怀上了'，马上就停，如果回答是'没'，那继续打，边打边斥责'明年这个时候一定要怀上'。一年后，如果这个女子还没怀孕，那继续打，直到她大了肚子。为什么要棒打新婚女子呢？当地习俗认为女人天生携带邪气，很多婚姻习俗都有祛除女人邪气的讲究。古人认为女子不能生育，是因为她身上有邪气或者有鬼。只有经过一顿痛打，邪气或者鬼才会被打跑，人才能怀上孕。所以，那个打，是真打，打得特别狠。很多新婚女子怕啊，但又不能逃回娘家，只能是能躲则躲，有人受不了，甚至上吊自尽。"

"这个习俗一点都不美好！换一个。"尤曦提要求。

这个难不倒孙安好。孙安好天天教老外，除了教语言，更多的是传播中国博大精深的传统文化。这传统文化很大一部分就是各种民间习俗。

"讲一个浪漫的求子习俗。"孙安好说，"远古时代，北方有一种习俗叫'野合求子'。就是每年举办庙会的时候，怀不上孩子的妇女到了半夜就会怀里藏个布娃娃，手里提着床单、席子之类的，先拜完神仙，然后就露宿在山上。这天晚上，会有邻村的青壮年男子来到山上，如果一男一女遇到后觉得挺合适，他们就会同居一晚，天亮之后说分手。当地人对于这种野合之风是鼓励的，不会觉得是伤风败俗，有的婆婆还会帮助自己的媳妇儿打点行装、催她早点上山。讲到这里，你肯定会说，生下来的孩子，不是父亲亲生的，这也能行？实际上，那时野合十分风靡，那时候的人们只知道自己的母亲是谁，根本不会知道父亲是谁。我们小时候学历史，知道汉朝有个文学家叫班固。他有本书叫《白虎通义》，其中就写到'知其母而不知其父'。先秦时代，古人甚至认为父母之恩并不在生而在养。"

"停！停！孙老师，这就是你说的浪漫求子？还野合？简直是糟粕。绝对的文化糟粕!"尤曦打断了孙安好,揶揄着。

孙安好鼓着眼睛,收拾餐桌,委屈地说:"是你让我说的嘛。这就是古人干过的事。"

"赶紧收拾。收拾好,散步去。"尤曦自己走到了门廊上,孙安好赶紧从厨房里出来,一起下楼散步。

散步不到二十分钟,徐徐清风中,又返回了家。回到家,孙安好收拾着未洗净的餐具。收拾完,给尤曦放水,调好温度。歇了片刻的尤曦正好有倦意袭来,洗澡、上床、躺下了。

孙安好回到书房忙着修改即将要发表的论文。书房门和卧室门都是打开的,这样孙安好可以听到尤曦的动静。

一屋子都安安静静的,除了孙安好电脑打字的声音。已经零点了,孙安好的论文终于定稿。孙安好简单洗了个澡,摸回卧室睡下。

孙安好如此轻巧的动作,尤曦居然醒了。尤曦侧翻了个身。就在侧翻的瞬间,尤曦"呀"地叫了一声。那是急促而慌张的一声。

"怎么了?"孙安好问。

"开灯。"尤曦叫着。

灯开了。

"血!出血了!"尤曦叫着。她的手从两腿间拿出,举在空中。灯光下,手指有血!

"血!"孙安好感觉自己的血冲上头顶,也慌了。

孙安好听到自己的声音里打着颤:"怎么回事?"

"不知道。"尤曦依然侧着,不敢动。

"马上去医院。"

孙安好一个翻身,到书房里拿了车钥匙、家钥匙、身份证、病历本、钱包,然后回到卧室慢慢把尤曦扶起来、摆正了,拿鞋子套上,搀扶下来,出门,按电梯,上车,把尤曦挪到后排,系好安全带,启动,出发。

到了医院已经凌晨一点了。生殖中心是没人的。这个点,只有急诊科。孙安好扶着尤曦坐下,自己冲到值班医生门口喊:"快,我老婆,孕妇,突然出血了。"

护士推了个平板车出来:"先躺着。"

躺下的尤曦瞬即被推进了检查室。孙安好被关在门外。

凌晨一点的急诊科灯火通明。有人捂着头进来大喊:"救命啊,我要死了。"那个人的头破了,直流血。头破的人刚喊完,一辆救护车突然开到门口,救护车后门打开,一个医生、一个护士、两个护工抬下一个平板车,车上的人被纱布包裹得严严实实,只露出一双眼睛,还有一双光着的脚丫。后面跟着的家属,嚎啕大哭。大厅里的人居然还不少,有十几个,有人坐在椅子上睡着了,有人手里拎着个水瓶走来走去走来走去。

"尤曦好好的,怎么会流血了?胎儿在里面会怎么样?流的是什么血?胎儿能保住吗?上一次移植,怎么没见过流血?上一次没见流血,胎儿都没保住,这次流血了,能保住吗?这是流产的先兆吗?是不是尤曦吃了水煮牛肉辣到了、刺激到了子宫?"孙安好一个问题一个问题蹦出来,最后问得自己的心理防线完全崩溃。他发现自己站不稳了,软了下来,一屁股坐在地上。

孙安好抵着墙,站了起来。他用力地拍了几巴掌自己的脸,让自己清醒一点、理智一点。心情平静之后,孙安好想起自己还没挂号,赶紧去补了号。

这时候,尤曦坐着平板车出来了。医生说:"目前没有看到流血了。现在最安全的办法是,就让你老婆这样躺着,天亮后直接推到生殖中心看医生。"

孙安好和尤曦在急诊科大厅里过了一夜。庆幸的是,后半夜的急诊科平安无事,再也没有闯门而入大喊"救命"的伤者,也没有从救护车下来嚎啕大哭的亲属。尤曦后半夜慢慢地也睡了过去。睡着的尤曦手一直抓着孙安好。尤曦也是紧张的、担心的,这是毫无疑问的。孙安好伏在平板车边缘,伸着手,一动不动,让尤曦抓着。

早上七点四十五分等到了"王妈妈"。"王妈妈"诊室门都没进,直接让孙安好把尤曦推到了手术室里检查。

十分钟后,"王妈妈"单独出来了。

"人呢?"孙安好问。

"在里头。""王妈妈"说,"你一会去推出来。"

"哦。"孙安好看着"王妈妈",等待答案。

"问题不大。""王妈妈"说,"如果是胎停,孕妇雌孕激素下降,机体对胚胎会产生免疫排斥,在这过程中可能导致阴道出血。这种出血,我们称之为先兆流产,是胚胎要排出体外的信号。但尤曦的这个出血不归这一类。她这个出血是胚胎正常发育过程中的阴道出血,胚胎正常发育过程中会因为局部血管破裂而导致阴道出血,是正常现象。"

"呼!"孙安好大呼一口气,这口气呼出后,感觉自己身体又要软下来、坐到地上。这次发软不是害怕,而是紧张之后的突然松弛。

"十四天马上到了,准时过来做二超就是。记得把平板车送回急诊科。""王妈妈"交代完,回自己诊室了。

孙安好赶紧拉开门,大叫尤曦名字,然后把尤曦推了出来。

从生殖中心到急诊科的路，弯弯绕绕，其中经过一个小树林。初秋已经显露，阳光不再那么暴热。小树林里有穿着病号服的老人在打太极，也有孩子在玩耍、游戏，一个玻璃弹珠让三个孩子开心得你追我逐、大呼小叫。有送鲜花的，抱着似乎还滴着露水的花朵，急速走过。穿着白大褂的医生护士偶尔和石凳上的病人打着招呼，脸带微笑问候着"你好，早上好"。

孙安好慢慢地推着平板车，尤曦平静地躺着。突然，尤曦用脚蹬了下孙安好推车的手。孙安好看到尤曦正看着自己。尤曦眼里似乎有一些复杂的神情。孙安好没有细想，也懒得问"怎么了"。尤曦似乎想说什么，但最后什么也没说。

日历终于一页一页翻到了十四天后，要做二超了。

这一天，孙安好没有磨蹭，早早坐在客厅里等尤曦收拾好自己。

尤曦居然穿着白裙子、帆布鞋。头发扎了起来，露出光洁的额头，完全素颜。"你这是重返青春啊，白衣飘飘的年代。"孙安好说，"现在大学校园都不这么穿了，她们都穿得一个比一个成熟、职业。"

"就是要青春一把。再不青春以后就没机会了。"尤曦说着,和孙安好出了门。

车沿着无比熟悉的路线慢慢驶向医院。

上了车,两人都闭了嘴,不再说一句话。说什么呢?有什么好说的呢?大家最想说的是:"过一会,二超结果会如何?"

生殖中心在导航显示的时间内到了,一分钟不多一分钟不少。尤曦第一个被王医生助理叫进诊室。跟往常一样,孙安好坐在诊室一侧,靠墙最里头的是医生"王妈妈"。她总是低头做着忙不完的事,有时候电话响很久都不接。

助理和尤曦一前一后钻进了布帘里。尤曦被扶上B超台。助理操作机器,点亮屏幕。

"放松了。"助理说话。

机器运转。

"轰轰"声出。

多么熟悉的声音。

这是胎儿心跳的声音。

"轰轰"继续。

多么令人激动的声音。

这是生命在延续的声音。

"轰轰""轰轰",一直"轰轰"着。

孙安好耳朵是竖起来的。孙安好可以确认这一点，因为他太紧张了。他为"轰轰"声紧张。有几秒钟，孙安好觉得自己是不是出现了幻听，因为耳朵什么也听不到了。他用大力掐了自己大腿，才又听到一如既往的、强烈的、持续的"轰轰"。

"可以了。"助理说话。

布帘里，尤曦被扶起来，双脚下地。助理继续忙碌着。

两人一前一后钻出布帘。

助理把图像报告单放到"王妈妈"眼睛底下。"王妈妈"正在接电话。她一边拿着听筒一边看着报告单。很快，"王妈妈"撂了电话。"王妈妈"站起来，手里拿着报告单说："尤曦。"

尤曦应着："嗯。"

"成了！一切正常！""王妈妈"手一挥，报告单在空中发出"哗哗"响声。

这是来自医生的权威发布："成了！"

成了！

尤曦的眼泪自来水一样扑扑直落。

孙安好控制着自己，对"王妈妈"说着"谢谢"："谢谢王医生，还有谢谢助理。"

"谢你们自己，这是你们坚持的结果。""王妈妈"走出来，抱了抱尤曦，"去吧，接下来可以去产科建档了，以后所有的孕检全在产科了，不用再来生殖中心了。"

尤曦依依不舍地和"王妈妈"道别。

孙安好则依依不舍地跟生殖中心道别。

生殖中心，这个常人永远不会来的地方，孙安好却对它熟悉如自己的家。一进大门那道玻璃屏风，常绿的幸福树；大厅里永远满满当当的人，有人穿着睡衣拖鞋，有人西装革履公文包，有人吸着豆浆，有人刷着手机，人人都心情复杂，人人又都安安静静；那道进入手术室的门，每次打开，穿堂风会迎面扑来；还有那个取精室，一盏灯泡亮如白昼，以及墙上目不斜视、大义凛然的海报裸女；对了，还有在这里遇到的"宫内好运"四人组合：赵一宫、钱其内、孙安好、李丙运。别了，生殖中心，别了，难忘的时光。

孙安好、尤曦走出生殖中心。孙安好用纸巾帮尤曦擦去两条小溪流一样的泪痕。尤曦扑哧笑了："想吃顿大餐，特别高档的那种。"

"好。"孙安好答应了尤曦这个有点奇葩的要求。

孙安好把车开到了丁斯威大酒店，超五星。坐电梯上到酒店顶层七十八层，那是一个巨大的旋转餐厅。

深紫色的沙发坐下，旁边是落地大窗，整个城市尽收眼底。脚下是电线杆一样的高楼大厦，远处是无尽的山海绵延。天空蔚蓝有白云，云白得像棉花糖，并且似乎就挂在窗外。

有人在弹奏着白色钢琴。缓缓的音乐流动在头顶、耳边。

服务生拿着菜单过来。

"来，我给你点个贵的。"尤曦给孙安好"啪啪"点了三样：鹅肝、牛扒、香蕉叶包鲳鱼。

"不愧是海归，这么轻车熟路。你呢？"孙安好问。

"我是汤和沙拉。"尤曦举着菜牌说，"沙拉名字叫'春之语'，真好听。"

"就点这个？人家餐厅会因为你而亏本的，尤总。"孙安好瞪着眼睛。

"我是孕妇。这里东西吃了，一会反应会很大，吃了也浪费。"

"哦。"

"今天我请你。"

"为什么？"

"你辛苦了。"

"什么话！你才辛苦。"

"那倒是。"

"每一个母亲都是超人。"

"说得真动听。"

"必须的,发自肺腑。"

"然后呢?"

"然后,单还是你来买,这价格,不是我一个大学老师能承受得起的。"

尤曦笑得把纸巾盒丢了过来。

尤曦的"春之语"沙拉上来了。四角豆、毛豆、粉丝,有趣地搭配着,满眼绿意;淋上的是紫苏打底的酸甜酱,确如其名,像春天般清爽怡人。

孙安好的低温慢煮牛扒也端上来了。牛肉上面还透着诱人的绯红,伴在蒜头、洋葱、牛肝菌打碎制成的酱汁旁边,颜色组合得有点像梵高的后印象派画作。

美景、美食、美事,全都堆积在孙安好和尤曦眼前、心间。这等待多年的幸福与美好,在三百多米高的旋转餐厅上,云不知道,山不知道,海不知道,只有孙安好和尤曦知道。

第九章

产妇跳楼

二超确定"中奖"后的第二天,孙安好和尤曦到门诊部的产科建档。未来的几个月的检查和生产,都将在这里完成。

产科比生殖中心吵闹多了,到处是大肚子以及大肚子的家属们。孕妇们抱着肚子骄傲地或走或坐。感觉她们脸上的雀斑都自带光环,向路人宣告:"看什么,没见过这么好看的雀斑?"她们也用手机,但似乎特别爱视频对话,对着手机镜头,大声地说话:"哎呀,好烦呐,吃什么吐什么""哎呀,好想出去喝酒吃麻辣小龙虾啊"……倒是那些丈夫们、家属们,仆人似的,要么在旁边傻傻地看着,要么在身后轻轻地扇着小风,要么抱着一堆资料在诊室之间的走廊里瞅着自己前头还有多少人在排队。

偶尔也看到大肚子和大肚子之间交流的。坐在孙安好、尤曦旁边的一对孕妇就在一刻不停地叨叨着。

"哎呀,怎么办啊,唐氏筛查说宝宝的指数有点高,建议做羊水穿刺。可羊水穿刺有风险啊,到底是做还不是不做?"

"我的也是。但我做过基因检测又说宝宝没问题啊,唐氏筛查和基因检测到底谁准确?问医生,医生含糊得很,让我拿主意。"

"算了算了。我才不做羊水穿刺,痛不说,还有风险。"

"再多问几个人。不然,万一宝宝生下来有缺陷怎么办?"

"那倒也是。唉唉唉,烦死了。"

孙安好和尤曦相视一笑。尤曦把头歪在孙安好肩膀上,孙安好揣摩尤曦心里的潜台词是:"做人难,做女人更难,做怀孕的女人难上加难。"

就在抬头看叫号电子屏时,孙安好突然看到了一个人:李丙运。只见李丙运呼哧着从产科大门口跑进来,穿过人群、穿过候诊大厅,直接进了诊室走廊里。他应该是穿着一双拖鞋,跑动的时候发出"啪啪"的声音,带着回响,声音特别大。

孙安好一算日子，李丙运的妻子应该是快要生了。"孩子快要生了，人应该是在住院部，他跑到门诊来干嘛？"孙安好纳闷着，让尤曦坐好，自己走了出去。孙安好想跟李丙运打个招呼。

"你别说，这次尤曦怀孕还真被这个李丙运说中了。"孙安好心里想起上次在大学"学苑餐厅"聚会的时候，李丙运给孙安好和钱其内手抄了一张求子符，并说事不过三，虽然求子符没有用过，但事不过三确实在自己身上验证了。

在最里头的一个诊室里，孙安好见到了李丙运。李丙运正趴在医生的桌子上："医生，你帮帮我，好吗？"

从身后看，李丙运的头发蓬乱，身上的白色圆领 T 恤应该穿了几天都没有换，皱巴巴的，都快成黄色了。一条黑色的半截短裤挂在腰上，一个口袋还翻了出来。

"道理都跟你讲得很清楚，你们自己做决定吧，决定好赶紧回住院部签字。"中年女医生根本看都不看李丙运，一边忙着自己的事，一边说。可以看出，医生已经和李丙运沟通多次，并且无效。

"发生了什么事呢？"孙安好嘀咕着。

"你帮帮我，医生，我也没办法。"李丙运的身子几乎要凑到女医生眼前了。

"你赶紧回住院部去，看着你妻子，我们已经尽了告知的义务。算我求你了，好吗，赶紧回去照顾你的妻子。"女医生敲着桌子，委屈得快要发火了。

后面等待检查的孕妇和家属不耐烦起来了："医生，我们等了很久了，帮我们做检查吧。"

李丙运还伏在桌子上。

"李丙运！"孙安好喊了一声。

李丙运回头，看到门口的孙安好。

"孙老师孙大教授。"李丙运说。

李丙运回头的一瞬间，一个家属挽着孕妇坐到了医生前面的凳子上。医生给孕妇做起检查来。李丙运被挤走，只好出了诊室。

"怎么回事？"孙安好问。

"唉！"李丙运大气一喘，"还不是生孩子的事。"

恰好这时候，电子屏叫到尤曦的号了。"我今天来建档，一会我来找你，我们聊聊。"孙安好拍拍李丙运。

"恭喜恭喜。"李丙运这才反应过来，不过展露的笑容很快又熄了下去，"孙老师，我得赶紧上住院部去处理事情，你忙完之后，过来找我一下，帮我出出主意，我实在没办法了。"

"好，一定。"孙安好说，"我忙完就过去找你。你把住院部的房号发给我。"

"好。"李丙运站起来，拔腿跑了出去。

跑了出去的李丙运又跑了回来。他塞给孙安好一个绿色牌牌。李丙运说："有这个牌牌，你才能进到病房。我办了两张，给你一张。到了门口亮一下就是了。"说完，李丙运跑走了。

只见牌牌上写着"陪护"两个大字。

"这个李丙运！到底发生了什么事？"孙安好陪着尤曦进了医生诊室，手机收到了李丙运的信息："住院部大楼九楼一〇一房，等你，孙老师。"

"好。"孙安好回复。

不到两分钟，李丙运又回复了一条信息："孙老师，你一会上来，不要带你老婆来。我母亲忌讳这个。"

"什么意思？"

"我母亲讲究习俗，说孕妇不能看望孕妇的，这叫喜不冲喜。"

孙安好无奈地回复一个字："哦。"

"你别介意啊孙老师。你一会一定要单独过来我这里，我需要你帮忙。"李丙运继续发来信息。

第九章：产妇跳楼　243

"好。"孙安好答应着,并飞快把几张表格填完了。这时,尤曦的检查也做完了,一切正常。

孙安好把李丙运发来的手机信息给尤曦看。尤曦苦笑,让孙安好赶紧去探探究竟,她自己则打了个车,先回家了。

住院部大楼九楼,一整层都是产科病房。孙安好朝守在门口的胖保安亮了下绿色牌牌,果然顺利通行。

正午的产科病房静悄悄。护士站只有两个护士,正埋头整理着资料。一把电风扇无声地转动着。

产科病房也是人满为患啊,走廊上全是加床。大部分待产孕妇都在睡觉。有的孕妇在昏暗的光线下瞪着天花板发呆。有的孕妇旁边坐着家属,家属都在玩着手机。有的孕妇身边摆着红色的脸盆、绿色的桶、成包的纸巾和一些日常用品。床上也有刚刚生下孩子的妈妈,一个个肉乎乎的小宝宝在妈妈们的胳肢窝下睡得天昏地暗,妈妈们时而碰碰宝宝的小手小脸,时而小声地跟旁边的家人说着闲话。

一〇一房在走道的最里一间。到了,正准备敲门,孙安好听到房间里传出呻吟声,那是疼痛的呻吟:"唉唷唷。"

孙安好侧耳听着,除了"哎唷",房间里静悄悄。又是一长声的"唉唷唷",无比清晰。

"什么情况?"孙安好想着,敲了门,"李丙运。"

门打开了一半。是李丙运。

"孙老师来了,进来进来。"李丙运一闪退后,孙安好侧身进了病房。

病房昏暗。窗帘紧紧拉着。唯一一道光来自洗手间里的小窗户。灯也是关着的。墙上的电视机倒亮着,电视里正在播着一部宫廷古装剧。

病房中央是床,床上的孕妇是见过的,那是李丙运的老婆。前几次聚会,在李丙运的水库鱼塘,吃的全鱼宴,还有烤生蚝,都是李丙运老婆下厨弄的。她的肚子大得像个圆球。有点像什么呢?就像健身会所里女子跳操经常用到的那种彩色大皮球。

电视前是一个老阿姨。看相貌,就知道是李丙运的母亲。母子俩长得太像了。李丙运的母亲看电视剧看得出神,也没有理会孙安好的到来。她手里摇着一把广告纸扇,偶尔还拿纸扇"啪啪"拍着自己的小腿肚子。

李丙运站在床头,跟老婆说了一句:"还记得孙老师孙大教授吗,到我们鱼塘吃过饭的,他来看你了。"

李丙运老婆一动不动,似乎什么都没听到,继续着"唉唷唷"。触目惊心的是她的圆球肚子,随着呻吟声,快快慢慢地起伏着，真让人担心它会原地爆炸！

这时，李丙运的母亲朝孙安好看了一眼。孙安好回以微笑。他母亲没说什么，继续把目光移到电视上。

"怎么回事？"孙安好觉得不对劲，问李丙运。

李丙运拿着一叠资料出了病房。两人走到走廊上。

"我老婆预产期早到了，按说前天就可以生了，但我母亲看了黄道吉日，硬是要等到后天才生。这是一个。更麻烦的是，医生说，我老婆要剖腹产，但我母亲说要顺产。你说这可咋办？"李丙运一手握拳，一手伸掌，两手拍得"啪啪"响。

"你母亲为什么非要顺产？"

"说顺产以后恢复快，好要第二胎。"

"都啥年代了，还这样！"孙安好拿着资料站在走廊窗户下，看到医院三天前的检查报告写着：头胎 42+1 周孕，待产；胎儿头部偏大，彩超提示双顶径 97mm（一般足月胎儿双顶径不大于 90mm），阴道分娩难产风险较大，建议行剖宫产终止妊娠。

还有一张纸是《产妇知情同意书》。上面写着：主管医生多次向产妇、家属说明情况，建议行剖宫产终止妊娠。产妇及家属均明确拒绝，坚决要求以催产素诱发宫缩经阴道分娩，并签字确认顺产要求。

孙安好想起李丙运到门诊部找医生时的情景，医生用委屈的表情和哀求的话语，让李丙运"赶紧回去病房照顾你妻子"。听着李丙运妻子有气无力的呻吟，再看看她那快要爆炸的肚子，这一切都已说明李丙运的妻子处于危险之中。

"别听你母亲的！出了事，你后悔都来不及！"孙安好狠狠推了一把李丙运。

"我是三代独生子，我父亲从小就去世了，我母亲的话必须得听。"李丙运哀嚎。

"你个傻蛋。"孙安好吼了起来，"听到没有，你老婆痛苦的喊声。"

楼道里传来"喔啊"声。声声入耳。

李丙运推开了病房门。

孙安好听到李丙运在说话："妈，赶紧剖腹产吧，别出人命了。"

李丙运母亲清清楚楚接了一句话："再忍一天就忍不了了？我又不是没生过孩子。"

李丙运这次哭出声来。李丙运的哭声掩盖了他老婆的呻吟声，但终究没掩盖住，因为近乎撕裂的呻吟声始终在持续："喔……啊……"

李丙运的哭声引来了一名医生和护士，还有几个陪护的

第九章：产妇跳楼

家属。医生和护士站在门口似乎没有办法,只是看着。孙安好上去跟医生说:"你们再不帮孕妇做手术,会出大事的。"

医生看着孙安好,发现孙安好脖子上挂着绿色牌牌,摇摇头,问:"你是他亲戚吧?"

孙安好点头。

"你这个亲戚很难搞啊!"医生说着,从护士手里拿过一个夹子,夹子上夹着一份授权书。"你看,产妇本人跟我们签订了《授权书》,授权其丈夫全权负责签署一切相关文书。现在她的丈夫不允许剖腹产,而且即使顺产也必须等到他的黄道吉日。医院无权改变孕妇的生产方式。"

"太不人道了、太不人道了。"围观的人群中有人议论起来。

"把门关上!"李丙运母亲在里面吼道。

随即,门"砰"的一声关上了。李丙运老婆的呻吟声也被关闭了。

孙安好气得肺都要炸了,但又不知道如何是好。

就在这时候,门慢慢打开了。出来的是李丙运和他妻子。看到门口还滞留着医生、护士和围观的人群,李丙运哭丧着脸说:"她想出来见见光,舒缓一下情绪。"

李丙运老婆已经被疼痛折磨得像个疯婆子!披头散发,

衣衫不整。李丙运老婆看看孙安好,看看医生,看看护士,看看围观的人群,她双手抱着肚子,依靠着墙壁。走廊的光照着她汗迹斑斑的脸。

不一会儿,李丙运妻子对李丙运说:"帮我拿张凳子来,我想坐一会。"

李丙运赶紧跑回病房,拿了一张方凳。

"放到窗口下,我想晒晒阳光。"

李丙运把凳子放在窗口下。李丙运妻子看了窗外一会,然后慢慢转身坐了下来。

一个大肚子背光坐在窗户下面,头耷拉着,嘴里呻吟着。可怜的人!

"我想喝水。"李丙运妻子又说话了。

"好,我去拿。"李丙运走回病房拿水。

李丙运的身影一进病房,他妻子立即起身,颤颤巍巍踩上了方凳!

"喂,你要干什么!"孙安好大叫。

此时,李丙运妻子已经站上方凳。窗户是打开的。李丙运妻子手掰着窗沿,半个身子已露出窗外,只要最后一抬脚,人就要从九楼掉下去!

"干什么!"孙安好声音大得几乎要喊破喉咙,瞬间冲到窗户边，一手抓住了李丙运妻子的病号服！

李丙运妻子脚一滑，自己一个趔趄，沉重的身子往后一倒，正被孙安好接住！

围观的人群和医生、护士这才反应过来，纷纷拥了上来，把李丙运妻子抬了下来。

李丙运手里拿着的水杯掉在地上。他吓傻了。不一会，他的母亲也跑了出来，愣了半天不说话。

李丙运妻子被抬回了病床。

"阿姨，保命要紧，别等黄道吉日了。母子平安，哪天都是黄道吉日。"孙安好来到李丙运母亲跟前说。

李丙运母亲一声不吭回到了病房。

医生、护士无奈地摆手、耸肩。

"这样坚决不行！"孙安好果断地拨了110，"我要报警，有人涉嫌故意杀人。"

谢天谢地，那天110指挥中心接电话的民警，居然是孙安好教过的学生。学生得知报警者是自己的老师后，在电话里说："老师，马上出警。不一定能解决问题，但愿能够给愚昧者一些压力。"

这正是孙安好的想法。

来了两个警察。高高大大、一身威严的警察推开病房，把李丙运和李丙运母亲镇住了。

"来，做个笔录，我们问，你答。"警察先问李丙运母亲。

大学教授不管用，但警察管用。李丙运母亲两手发抖，哆嗦着说："我普通话不好，一切由我儿子管，一切决定由我儿子说了算，我只是来照顾儿媳妇的。"

轮到李丙运了，李丙运看看警察，看看孙安好，说了一句："我们想好了，现在同意医院剖腹产的建议，马上动手术，马上动手术！"

李丙运说完，冲出了病房，用哭腔在楼道里喊道："医生，同意剖腹产，马上剖腹产，马上，快呀，救人啊！"

孙安好长舒一口气，和两位警察默默退出了病房。

走廊里，已经响起医生和护士的脚步声，还有平板床轱辘滚过地板急促的响声。

孙安好抓住跟在医生后面小跑的李丙运："带个好头，'宫内好运'。"

李丙运泪流满面："没有你孙老师，就没有我的'宫内好运'，是你带了个好头。"

"行了。快去吧。我要回家了，家有孕妇，马虎不得。"孙安好把绿色牌牌还给李丙运，离开了产科住院部。

回到家，孙安好陪着尤曦睡了一个悠长午觉。午觉醒来

第九章：产妇跳楼

已经是下午三点。一打开手机，收到李丙运的信息："母子平安，一切顺利。"

孙安好把李丙运的信息截图发到"宫内好运"微信群里。

"大吉大利。"钱其内发来祝贺。

唯有赵一宫，依旧毫无音信。

"这个赵一宫，到底干嘛去了？"孙安好纳闷着。

李丙运的老婆救了回来，孩子也顺利生了下来，但事情没完。

孙安好收到李丙运报"母子平安"信息后没两个小时，就发现手机在频频推送一条信息："好险！孕妇悲痛跳楼，大学教授飞身接住"。有的推送稍微改了下标题："抓拍大学教授解救跳楼孕妇瞬间""刚刚！孕妇跳楼，教授解救！惊险瞬间还原"。

孙安好迟疑着点进去，果然讲的是自己的事。文章里有一张图片，是李丙运老婆爬上窗台，一只脚都伸了出去，然后孙安好冲过去，手抓住了李丙运老婆后腰。图片说明写的是"网友供图"。这"网友"，一定是当时在场围观的人。文章还附有一段视频，视频从李丙运老婆站上方凳开始，到孙安好救人，到最后很多人拥上来把李丙运老婆抬走，时间持续了将近一分钟。

随即,孙安好看到微信里很多人给自己留言,包括孙安好的学生。

"老师,你火了,彻底地火了!"学生们说。

孙安好赶紧给李丙运打电话,电话打了很久都是通了没人接。终于李丙运打回来了,听筒里特别嘈杂。还没等孙安好问话,李丙运高声说:"来了三拨记者了,采访我,想不到我也出名了。"

孙安好听不出李丙运讲这话到底是什么意思,是无奈,还是洋洋得意?

"记者问你什么?"孙安好问。

"让我还原事情经过。"

"你怎么回答。"

"我实话实说,关于预产期、关于我母亲的迷信、医院和我的沟通,等等。"李丙运说,"反正事情发生了,大家都知道了,我也没什么好隐瞒的。"

孙安好心安了一些。实话实说是最好的态度。

"孙老师,记者肯定会报道你的。大家都说你是英雄。我接受记者采访的时候一再说谢谢你。"

"咱们都是老朋友了,不说这个客套话。"孙安好挂了电话。

电话一挂，果然记者的电话进来了。接电话的空档，尤曦也看到了网上的新闻，她举着个手机跑到客厅，朝孙安好示意，然后举着大拇指。孙安好噘着嘴、使着眼色。

记者的问题无非也是让当事人复盘整个事件，他们要的是"当事人口述"这么一个形式，录音、录像。孙安好其实很想谈谈事件背后的思考，但记者们似乎没有这个耐心，也不感兴趣。后来好几拨记者都如此，孙安好索性关机，不再接受采访。

网上满屏点赞孙安好之后，随即出现很多猜疑，这些猜疑依旧集中在孙安好身上。有人说"这是一次有预谋的自我炒作"，依据是李丙运说他和孙安好是认识很久的朋友。有的人则说："孙安好副教授当了多年，就是一直提不上正教授。这次救孕妇事件，形象瞬间高大上、感动中国，估计当教授的事有着落了。"这些无中生有的论调，让孙安好无语。

好在孙安好、尤曦都是明白互联网传播特点的人，也没有把这些话太当回事。

"其实这个事可以讨论的话题很多，医患关系、生育文化、传统习俗、人性，等等。"孙安好对尤曦说，"可惜，现在大家的关注点都不在这里。"

尤曦点头。

就在这时候,孙安好手机亮起。孙安好看完信息,把手机递给尤曦:"说曹操,曹操到。"

尤曦看了信息,是时下最火的视频节目"正在说"的邀请:邀请孙安好录制节目,和一众专家学者谈谈孕妇跳楼事件。

"参加吗?"尤曦问,然后又说,"我觉得可以参加。这个节目不是恶搞节目,这期嘉宾也都是国内知名的学者。"

"参加。"孙安好说完,给节目组回复了信息。

节目录制第二天下午一点开始。李丙运也来了。李丙运在镜头前口述着自己的家事。看得出,接受无数次记者采访之后,他谈起这段发生在几天前的"往事",已经非常麻溜了。他像背稿机器一样,娓娓道来,一次通过。

"录得挺好。"孙安好走过去跟李丙运打招呼。

"我也是豁出去了,就当个反面教材吧,但愿能让大家吸取点教训。"李丙运笑着说,说完是一个大大的哈欠。

"昨晚没睡觉,做贼去了?"孙安好调侃李丙运。

"半夜喂奶啊。兔崽子白天呼呼大睡,晚上兴奋得像打了鸡血。你以后会体会的。"李丙运的哈欠很长,还在打着。

"你可以推掉这个节目啊。或者让他们到你家录。"孙安好说。

"不行。他们说必须得到现场录,一会还要坐在底下听。不然不给钱。"李丙运悄声说。

"哦。"孙安好点着头。

"没钱谁来啊。"李丙运一脸狡黠和得意。

节目编导催嘉宾们各就各位了,西装革履的学者从一个侧门走到灯光最亮的台子上,每个人找到自己的名字牌,坐了下来。化妆师跟着上来,补妆的补妆、扑粉的扑粉。一个工作人员拍拍李丙运,示意他也坐下。

围绕孕妇跳楼事件,嘉宾谈的话题涉及各个方面,都谈得很好。

有人呼吁社会尊重产妇的尊严和感受,因为"女子早已不是传宗接代的工具"。

有人讨论医院得失:"事件中,医生已建议剖腹产,孕妇也要求手术,手术法律条件已具备。医院基于对医患冲突的防范,以及对医疗责任的规避,在各个环节均要求家属签字,这限制了医生可能发挥的主观能动性。"

有人提到"无痛分娩"的缺失:"在中国,只有百分之一的准妈妈们能在生产的时候享受无痛分娩,其余百分之九十九的产妇除了精神安慰,只有咬牙忍着。但无痛分娩对技术和硬件的要求并不高，费用也不算贵，为什么国内没有推广呢？原因是，无痛分娩对人力的要求非常高，产妇从进产房到完成分娩这段时间里，麻醉医生必须随时待命，这对于常年挤满病患的中国医院来说，着实是一种'资源浪费'。因此，孕妇的舒适度，成为了最不值得考虑的问题。"

孙安好则讲了一个词，叫"产房里的共识"。孙安好说："家属、医院乃至社会，最重要的一条是尊重孕妇。我特别喜欢康德说的一句话，'人是目的而非手段'，希望所有人在行事的时候，能尊重他人，尊重自己。"

孙安好的观点获得底下观众的热烈掌声。

节目播出的时候，播到孙安好这段话时，满屏的弹幕："人是目的而非手段"。

尤曦全程看完了节目。孙安好问她："感受如何？"

尤曦说了两点，一是吹捧孙安"厉害"，二是网友留言有很多"干货"。

孙安好顺着尤曦的指点，看到很多长长短短的留言。这些留言讲的都是怀孕、生孩子的故事，人情冷暖，令人唏嘘：

@昨夜有雨：六年前，我怀了二胎。那天晚上，我记得非常清楚，是十一点四十五分，突然肚子疼，凭经验我知道宝宝要出生了。我赶紧叫醒老公,快送我去医院。老公猪一样不动,还说我是装疼,要生早生了。我摸着黑,走出客厅,打电话叫了一辆专车,一个陌生的司机把我送到医院。一到医院,医生就安排生产。我没有打电话给老公。从那天起,他在我心中已死。

@温柔的风暴:有一年,我闺蜜要生了,我去看她,床头上摆满了鲜花、水果。但我发现,同病房的一个姐姐,全程都是她和婆婆两个人,老公始终没有出现。一问,才知道,这个姐姐现在生第三胎,之前的两胎都是女儿。看到她打老公电话,总是打不通。她顺产,但一直生不下来,床上一滩的血。医生建议剖腹产,但婆婆说身上钱不够,坚持要顺产。医生没办法,下了通牒,说不剖就转院,否则出了事他们负不起责任。这时候,婆婆才极不情愿地掏了钱。这个姐姐后来进了手术室,婆婆打电话给自己的儿子。婆婆用的是免提,所以她儿子的声音我听得一清二楚。那个男人第一句话就是:"生了没有?男的还是女的?"

@冰蓝:我生的时候,医生发现宫口开全但胎位不正,等医生帮我转正时,我已经没有力气生了。真的是一点力气都没有了。我爸妈得知情况后,毫不犹豫签字,转成剖腹产。但我老公却当着我爸妈的面说:"真没用,生个孩子都生不出。"我忍着泪水,做完手术,出院后,毫不犹豫地离开了这个男人。

"生个孩子,真的能看清很多人。"尤曦说。

"看得让人沉重。"孙安好说,不一会指着屏幕说,"看看这个,这个挺感人的。"

@一只松鼠:我是可以顺产的,但我怕疼,我跟老公说,剖了得了。老公说,行,都听我的。结果生之前,我又临时决定顺产。没想到当晚,身体反应特别大,我疼得受不了,把边上老公的手抓得全是血痕。老公全程一声不吭。最后是凌晨两点被推进了产房。老公一直傻傻守在手术室门口,等到天亮。我一出来,老公说的第一句话是,媳妇你辛苦了,从头到尾也没看娃一眼。后面几天他总是对着娃说:"看,都是因为你把妈妈害苦了。"后来开放二胎,老公说,"再也不生了,嗯,我们只要一个,够了!"

李丙运老婆跳楼事件,钱其内自然也知道了。节目播出后第二天,钱其内在"宫内好运"微信群里留言:"都是好事多磨。今晚聚一聚,三位务必要来,老地方,'潮之悦食府',六点。"

当晚,钱其内要了一个最大的包房六六六。孙安好和李丙运前后脚到,一推开门,花香扑鼻,琴声幽幽,钱其内背靠落地窗,嘴里叼着黄色大雪茄。好阔的大老板!

"李丙运!"钱其内首先拍着李丙运,"有惊无险,母子平安,祝贺祝贺。"

李丙运咧嘴笑着,说:"多亏了孙老师孙大教授。"

"孙老师孙大教授!"钱其内拖长了话音,握着手、摇着说,"一而再,再而三,三而胜,拨开云雾见天日,守得云开见月明,祝贺祝贺。"

"钱总古诗词学得不错。"孙安好说。他知道,接下来钱其内肯定有重要事情宣布。

果然,钱其内回到自己的座位上,先是摁熄了雪茄,然后抬头看看李丙运,看看孙安好,最后轻轻地说:"子莱也怀上了!"

喜事都凑一堆了!

"太好了。"李丙运大力拍手。

"今天是个好日子。"孙安好说。

"今天应该拍个照,我们。"李丙运倡议。

"对,这个提议好。"钱其内嗓门大开,"服务员!"

服务员举起手机给三人拍照:"大家笑笑,来,'茄子'。"

"今天不能说'茄子'!"钱其内说。

"那说什么？"李丙运问。

"说'有喜'！"

"对，有喜！来，一,二,三！"

"有喜！"大家叫道。

拍完照，钱其内把照片发到"宫内好运"微信群里。

"唉，遗憾的是，赵一宫先生始终没有出现。"孙安好说。

"是啊，这个赵先生去哪里了呢？"李丙运皱着眉头说。

"奇怪的赵先生。"钱其内点燃雪茄，自顾自说了一句。

第十章 赵一宫"出现"了：四个失独老人索要冷冻胚胎

然而，就在钱其内、孙安好、李丙运聚会上念叨"赵一宫怎么回事"的第二天，赵一宫"出现"了！

赵一宫，这个只见过一面、那天穿着蜡染宽大T恤、破洞牛仔裤、像个十足的艺术家的赵一宫先生，以一种谁也想不到的方式，出现了！

那天一大早，八点不到，孙安好接到了生殖中心王医生"王妈妈"的电话。"王妈妈"在电话里先是寒暄着："孙老师，你现在是网络大红人，你舍命救孕妇的视频传遍大江南北，把我们很多医护人员都感动了，几个小护士说以后要嫁就嫁孙老师这样的男人。"

孙安好打着"哈哈"应着。他等着"王妈妈"说正事。

"因为你的正义感,有件事,我想到了你。你有空现在就过来下生殖中心,好不好?""王妈妈"说。

"正义感?有件事?"孙安好心里嘀咕这事首先不是尤曦怀孕的事,"那会是什么事呢?"

孙安好没多想,答应了:"我马上出发,一会见。"

到了生殖中心,居然看到"王妈妈"在门口等着:"这事,咱们下一楼小花园说,这里说,不方便。"

两人一前一后到了小花园。清秋时节的小花园凉爽宜人,小花小草在风中点头微笑,清静之中,树上的鸟啼显得十分清脆。"王妈妈"找一石凳坐下,孙安好也坐下。

"是这样,我开门见山。""王妈妈"说,"十个月前,有一对夫妇在我们生殖中心取了精、取了卵,也配成了受精卵,一共两个,等级都比较优。但是,就在要移植的那个早上,这对夫妻出了车祸。两个不懂事的孩子在马路上打闹,一个追,一个跑,结果跑的人跑到了车道上。这对夫妻为了避让孩子,一打方向盘,转到另外一条道上,结果那条道后面追过来一辆大货车。装满了沙石的大货车根本来不及刹车,把这对夫妻的小轿车生生压扁在车轮下。夫妻二人当场丧命。"

一大早听到这样的故事,孙安好一阵紧张,手不自觉地紧紧抱在胸前。

"那他们的胚胎怎么办?"孙安好问。

"我接下来要讲的就是胚胎。""王妈妈"说,"我们当天通知不到当事人,也是几天后才知道他们出事了。胚胎自然就冷冻着。好了,上上个月开始,这对夫妻的四位老人找来了,男方的父母、女方的父母,一共四个人,都是白发苍苍,颤颤巍巍地找来了。他们来生殖中心干什么呢?要胚胎。"

"四位老人都白发苍苍,我估计都是一夜之间白了头。白发人送黑发人,人间悲剧。"孙安好感叹着。

"是的。四位老人都是一夜之间白了头。因为这对夫妻都是独生子女。"

"这四位老人是失独老人。"

"是啊。""王妈妈"顿了顿,理了理思路,"我接着讲。四位老人来要胚胎,医院不同意。"

"不同意?为什么?你们可以证明那个胚胎的父母就是那对夫妻啊,可以证明的。"

"这不是医院的问题。这涉及目前国内的政策。"

"啥政策?"

"目前咱们国内关于辅助生殖技术的管理,主要是依据卫生部在二〇〇一年颁布的《人类辅助生殖技术管理办法》和《人类辅助生殖技术规范》。其中《规范》在二〇〇三年进行了修订，沿用至今。《规范》对冷冻胚胎的定义是介于人与物之间的过渡存在，处于既不属于人也不属于物的地位。"

"言外之意是……"孙安好一时绕不过弯来。

"受精胚胎是具有发展成生命的潜能、含有未来生命特征的特殊之物，不能像一般物体一样任意拿走、转让或继承。"

"王医生，我当然首先站在法律这边。但是，这对夫妻的情况不一样啊。他们为了避让孩子，牺牲了自己。四位老人当年响应国家号召实行计划生育，如今自己失独而二胎政策又已放开，怎么看他们都是牺牲品，应该特事特办。"孙安好说。

"我赞同你的观点，我也想帮这四位老人。但是，规章制度有时候是无情的。"

"那你找我的意思是？"

"想办法帮帮他们。你是高级知识分子，我相信你能为他们提供更有效的帮助。""王妈妈"转身握着孙安好的手，"四位老人你看见了，你会心软的，他们很可怜。"

"好。我尽力。"孙安好想起一个问题，"这对夫妻叫什么名字？"

"男的叫赵一官,女的叫……"

"赵一官?"

"对,赵一官。"

"好。你把老人的联系电话给我。我下午联系他们,多了解一下情况,也问问朋友,看看怎么办比较稳妥。"

"王妈妈"给孙安好发了一个手机号码,"这是赵一官爸爸的电话。"

送走"王妈妈",孙安好喘了一口大气:"难怪!赵一官除了第一天在'宫内好运'四人微信群里留过一次言,后面就再也没有出现过,原来是他出事了。"

此事怎么办?孙安好立即在"宫内好运"微信群里@钱其内、李丙运。孙安好的话说得很严重:"赵一官先生发生大事,事关性命,中午务必一见。"

钱其内问孙安好:"你在哪里?"

"我现在就在医院里。"孙安好答。

"那还是'潮之悦食府'。六〇六房,就报我的名字。别等中午了,我现在就过来。"

"收到。马上出发。"李丙运回复。

孙安好、钱其内、李丙运,迅速在六〇六房碰了头。

孙安好把"王妈妈"一大早找他、赵一宫夫妇出事、四位老人想要回胚胎而不得的事，做了详细复述。

李丙运第一个说话："这事必须帮他。赵先生是'官内好运'的成员，排在第一个，他没有好运，我们四人也不完整。我们有喜，他必须也要有喜，这才是真的有喜。我这不是迷信啊！我没钱，我出人、我出力，随叫随到。"

钱其内挥挥手，按下李丙运的慷慨激昂："人和钱，不怕。孙老师，你觉得该怎么操作？"

"医院的口子打不开。"孙安好说。

"医院永远是冷冰冰的。不行，我找人闹去。雇几个人到胚胎实验室哭去、烧纸去。我不信他们不吃这一套。"李丙运打断孙安好的话，怒气冲冲。

"听孙老师说。"钱其内再次按住了李丙运。

"规章制度不是请客吃饭，冷冰冰的很正常。医院必须执行规章，这也不能怪医院。我们必须尊重规章，尊重医院。"孙安好说，"但是我又想，冷冰冰的规章之外应该还有情和理。我觉得可以走诉讼程序。"

"起诉谁呢？"

"当然是医院。只有法院判决了，四位老人才有可能拿到胚胎。"

"还有一个问题,孙老师你要想到,四位老人拿到胚胎,又能怎么样呢?政策是不允许代孕的啊。"李丙运继续插嘴。

"这是个好问题。"孙安好说,"但这是下一步的工作。"

"对,这是下一步的工作。"钱其内说,"四位老人起诉医院,胜诉机会有多大?"

"那就不知道了。但这是目前想到的比较稳妥的办法。"孙安好说,"我在想,我们今天中午要不要见一见这四位老人?生殖中心王医生告诉了我赵一宫爸爸的电话号码。"

"要!"钱其内、李丙运异口同声。

孙安好拨了电话,按了免提。电话"嘟嘟"通了,但好久没人接。孙安好正要挂,一个声音缓缓响起:"喂,哪位?"

那是一个沙哑、充满疲倦的声音。可以想象得到电话那头,一个动作迟缓的老人,窝在沙发上,举着电话,虚弱地说着话。

孙安好看了看钱其内、李丙运,开了腔:"赵叔叔你好,我是赵一宫先生的朋友孙安好,是大学老师,我们在生殖中心认识的,今天早上生殖中心王医生跟我讲了你们的事,我想见见你们,看有没有办法帮到你们。"

提到赵一宫,老人声音响亮了很多:"王医生今天给我讲过你了,那太好了,我来找你,我们四位老人现在都住在一起，我们一起来找你。"

钱其内凑了过来，大声说："叔叔，我们和赵一宫都是在生殖中心认识的。你告诉我你家地址，我派司机去接你们。"

老人在电话里报上地址。李丙运负责记了下来。钱其内随即让手下出发去接老人。

"干得好！"钱其内放下电话，"孙老师，你这件事干得好、正能量，不管成不成功，我们都要尽力而为，为我们的孩子积福，也是做个榜样！"

"必须一起有喜！"李丙运说。

大家都忘记了让服务员上茶水。

等服务员茶水上来的时候，钱其内的手下领着四位老人到了。

跟脑海中想象的一模一样，四个满眼焦虑而疲倦的老人。四位老人不仅白发苍苍，而且白发蓬乱四散，这是何等的憔悴！

个头最高的一个老人伸出手："我是赵一宫的爸爸。你们谁是孙教授？"

孙安好赶紧走过去握着老人的手。

赵一宫爸爸这时候从腋下的环保袋里拿出一张卷着的宣

纸,一边摊开一边说:"赵一宫是个画家,一辈子默默无名,但他就是爱好画画,这是他的遗作。出事前两天,他关掉手机,闭门创作,一气呵成。你看,题名叫《四喜》,画的是四只喜鹊闹枝头,看,画得多活灵活现。"

一张国画展现在大家眼前:挂着红色柿子的枝头上,停着四只喜鹊。四只喜鹊,黑头、蓝尾、白肚子,神态各异,或扭头,或啄木,或欲展翅,或刚刚落定。

孙安好、钱其内、李丙运互相看看,没有说话。

"想必我们的情况你们都了解了,现在完完全全卡在了政策上,一点办法都没有。"赵一宫爸爸说,"唯一办法是等政策改变,哪年才改变呢,恐怕我们也等不到了。"

服务员给四位老人添了茶具、碗筷,并倒上了茶水。四位老人没有一个人动茶杯。他们只是看着孙安好、钱其内、李丙运三人。

"我们的办法是起诉医院。"孙安好说,"起诉的目的是拿回胚胎。"

"律师方面我来负责。我公司的法律顾问,全国有名。"钱其内说,"免费的,就当是我们公司的事。"

"有多少把握?"坐在赵一宫爸爸旁边的阿姨——赵一宫妈妈问。问完,她又喃喃自语着,"不过,除了这条路子,似乎也没有办法了,该找的人我们都找过了,该求的情也都求过了。"

"起诉吧。"另外一位叔叔说,"我是赵一宫的岳父,我同意起诉。起诉不是目的,拿到胚胎才是目的。判决是人判的,我不相信法官的心是石头做的,就没有一点同情心。"

"起诉吧。"四位老人点着头说。

就在四位老人议论时,钱其内已经把公司的法律顾问叫过来了。法律顾问还带着助手。

"大名鼎鼎的曾国强律师。"钱其内介绍道。

曾律师点头致意。

"马上上菜,咱们吃完之后,立即开始工作。"孙安好说。

"我们想现在就跟律师谈。"赵一宫爸爸说,"我们不饿。"

"对,我们现在就谈。谈完再吃。"赵一宫岳父说,"我们要抢时间。"

"那就现在谈。"钱其内说,瞬即叫了服务员过来,多要了一个房。律师和四位老人到新的包房里谈去了。留下孙安好、钱其内、李丙运继续谋划。

"这件事可以让媒体先报道,引发网友议论。"孙安好说,"这件事,对于媒体,对于普通老百姓来说,是很稀奇古怪的。"

第十章:赵一宫"出现"了:四个失独老人索要冷冻胚胎　　271

"会怎么议论呢？别到时候舆论一边倒，反而不利于法官判案。"这是钱其内的忧虑。

"是啊，你看你救我老婆一事，网上还有人说你故意炒作。网上什么人都有，很难控制的。"

"你也控制不了。"孙安好接上李丙运的话说，"但是，我想网民也是民，也是人，这件事换了你，你会不会同情四位老人，四个失独老人，四个一夜白了头的老人。"

"当然会。"李丙运说。

"我们还是把工作做细一点。"钱其内说，"我们回头做些调查，分别问问老人、中年人还有年轻人，男的、女的、不同学历的，都问问，每人问十个左右，民意调查下，看看大家的反应。"

"可以。"孙安好说。

"我现在就调查两个。"钱其内拨了一个电话。两分钟后，一个西装革履的男子过来了。钱其内介绍说："这是'潮之悦食府'的副总。"

钱其内轻描淡写地讲述了四个失独老人讨要胚胎的故事。故事讲完，副总神色黯然直摇头："太可怜了，法律应该向他们网开一面。毕竟这事太特殊了。"

钱其内又调查了一个负责传菜的女服务员。女孩还没等到故事讲完,就表达了自己的态度:"我站在老人这边。"

大家都分头动了起来。

前段时间,媒体报道孙安好紧急时刻搭救跳楼孕妇一事,让孙安好和李丙运认识了很多媒体记者。两人逐一联系上这些媒体,提供四个失独老人讨要冷冻胚胎的故事。媒体的嗅觉是灵敏的,都知道这是一桩好新闻:奇特、少见、有冲突。

四位老人在家里召开了新闻发布会。

普通的小区、普通的房子、普通的家具,头顶上有转动的老式电风扇,墙壁上有石灰脱落后露出的一块块灰色水泥。客厅中央,是四个白发苍苍的老人,还有逝者生前留下的画作。此时无声胜有声,每个记者一到场就把这安静而肃穆的一幕记录在相机里。

四位老人的讲述由赵一宫爸爸完成。赵一宫爸爸回顾儿子、儿媳妇早上去医院移植冷冻胚胎前的一幕:"赵一宫走出家门前,还跟我说,中午他去菜市场买菜,然后下厨,庆祝胚胎移植。他说他要做他媳妇爱吃的猪血丸子,还要做我和他妈妈爱吃的煎豆腐。没想到,出门不久,他为了避让冲到马路上的孩子,就出车祸了。"

逝者诸多的生活细节，让人唏嘘。三个老人禁不住哽咽起来。

赵一宫爸爸一步一步地向记者们出示了交警出具的事故责任认定书、医院生殖中心开具的建档资料、病历、检查报告、缴费发票，以及他们多次走访医院、相关部门获得的答复，等等。

整个过程接近一个小时。陈述完毕之后，很多记者又向四位老人了解各种情况，都是一些细节的东西。四位老人坦诚相告。最后一个记者离开已经是中午十二点了。

很快，下午两点，网上就有新闻了。记者笔下记录的故事、拍摄的图片似乎还冒着热气。有的文章还采访了医院和相关部门。不过这些机构都没有给予正面答复。

不孕不育、试管婴儿、胚胎、失独老人、政策壁垒——这是报道的关键词。任何一个关键词都打动着读者。谁会不关心生孩子这件事呢？

网友纷纷议论此事。四个失独老人的故事瞬间被推上了热点话题。这件事，微博、微信、朋友圈都刷屏了。

网友的议论，和钱其内在"潮之悦食府"做的抽样调查一样，绝大部分人都认为政策应该为四个失独老人开一个口子。

但也有人认为政策不能开这个口子，因为四位老人拿到胚胎后肯定是要找人代孕的，而代孕在中国是明令禁止的。

"这个观点很要命。这也是我们的难题。"钱其内和孙安好凑在手机屏幕前，钱其内说，"迟早会涉及代孕这个话题。不知道现在国内学者对代孕持什么观点？"

"我收集了一个文章，传播率很高，你看看。"孙安好分享了一个链接给钱其内。

那是对一个专家的采访报道。专家是国内医学伦理学会的一个知名教授。这个教授认为："对于代孕，应该区别情况加以对待。如果是纯粹的商业操作，为了多生孩子甚至生男孩，应该坚决予以反对。但是，如果是出于医学的需要，夫妻确实遭遇到了生育难题，譬如妻子一方有子宫等方面的疾病，没有生育能力，但又非常希望能有自己的孩子，那么，代孕实际上是解决他们生育问题的唯一的一条路。我认为如果说没有生育能力就不生，这是不符合伦理学的。不孕夫妻也有当父亲母亲的权利，我们如果从人道、人性、情感的角度多给予一些考虑，可以满足他们的需求。如果未来出台相应的法律规定，建议不要规定得太详细，大的原则确定，守住底线就可以，我们要考虑每一个人的幸福。法律要以伦理为基础，才能达成共识。"

"这个教授讲得很好。"李丙运说,"讲得有水平。"

孙安好说,"目前只能走一步看一步,先看看法院什么时候开庭吧。"

"律师已经提交诉状了,就等开庭。"钱其内说:"现在这件事网上这么火,法院肯定更加小心翼翼,我担心开庭会变得遥遥无期。这是咱们之前没有想过的。"

"也可能刚好相反。"孙安好说,"因为民众关注度高,开庭会很快。"

"那就期待奇迹早点出现。"钱其内说。

奇迹还真出现了。

一周之后,案子开庭审判。

坐在人堆里的孙安好、钱其内、李丙运发现,法庭里的媒体记者比原告、被告、律师、审判员加起来还多。

审理过程倒是平淡无奇。曾国强律师宣读了起诉状,提交各种资料、物证。资料、物证投放在大屏幕上,一一闪过。四位老人坐在律师边上,法官询问,他们抢着回答、补充,激动的心情怎么也抑制不住。

被告医院方,出庭的是代理律师。代理律师面对法官的提问,始终重复的就是一句话:"根据国家政策规定。"

一切事实清楚，不需要任何唇枪舌剑。

说白了，这场官司就看法官怎么看。法官是严格执行国家政策之规定，还是有所突破和变通？

一个小时后，法官一锤敲下："休庭。十五分钟后再开庭。"

曾律师走了下来，他的助理递上一瓶水。助理给四位老人也各人递了一瓶水。四位老人僵直地坐在原告席上，也不下来，也不说话，也不打开瓶子喝水。他们就那么一动不动。墙壁上有大圆盘时钟。

"他们眼里应该是时钟秒针滴答滴答走着的轨迹，一秒、两秒、三秒、六十秒、一分钟、两分钟、三分钟，他们要的是时间，要的是时间赶紧过去，迎来法官宣判的一刻。万一法官判他们赢了，他们要的还是时间，早日想办法让胚胎变成生命，变成活生生的胖小子或小丫头，然后在有生之年，看着孩子一天天长大。万一法官判他们输了呢？时间对他们意味着什么？在日夜煎熬中走向生命的终止？"孙安好这么漫无边际地想着，不禁伤感起来。

漫长的十五分钟终于过去。重新开庭。

审判员、审判长、审判员、书记员四人依次归位。

一卷判决书，握在审判长手里。

在全体起立中，审判长公布了他们的决定："鉴于胚胎为两个家庭、四位老人血脉的唯一载体，从精神慰藉和人格利益出发，法院支持原告诉求。"

支持原告！

赢了！

良久，赵一官爸爸一屁股坐在凳子上，嚎啕大哭。律师赶紧把老人拉了起来，因为法官的宣判还没结束。

法官继续宣判："原告从医院取走胚胎，需本庭法官一起见证；同时，胚胎只能由医院转给医院，不能转给个人，接收医院需要开具接收证明。"

后面的补充条款有点复杂，但总归，万里长征迈出了第一步。

走出法庭，钱其内安排车辆把大家接到了"潮之悦食府"。第一次看到四位老人眉开眼笑。他们纷纷感谢律师，感谢孙安好、钱其内、李丙运三人。

孙安好问曾律师："法官这次为何会松开这个口子？"

曾律师的分析有两点，让孙安好没有想到。曾律师说："第一，这个法院刚上任了新院长，很年轻，刚刚四十岁，还有留学背景。新院长思维比较灵活，再说了新官上任三把火，他也想做一些创新和改变。第二，这一点更重要，那就是刚刚，也就是前天，江苏也有类似的这么一个案例，江苏那边判的结果也是支持失独老人。有判例在先，他们判起来也有底气了。"

"真是天时地利与人和。"孙安好感叹道。

"天助咱们'四喜'也！"李丙运站在一边听完，文绉绉地补了一句，然后问起曾律师，"大律师，刚才法官判决书里有句话，我不懂。法官说什么'从精神慰藉和人格利益出发，法院支持原告诉求'，这个'人格利益'是啥利益？"

曾律师仰头想了半天说："哇，这个词有点难解释。怎么说呢，人格利益就是人身利益的一种，生命、健康、名誉等等，都是人格利益。哎呀，这个词太抽象了，真的一时半会讲不清楚。"

李丙运转头看孙安好。孙安好也无奈地摊摊手。

"接下来，是代孕的问题。"钱其内说回正题。

钱其内刚说完，赵一宫爸爸那边打着电话"喂喂"起来："你大声点，你是哪家代孕公司？"

孙安好示意大家不要说话，听赵一宫爸爸打电话。

赵一宫爸爸的电话很快挂了："对话说话声音好小，他说他发短信跟我说。"

说完,果然短信来了。孙安好拿起来一看,短信写着:"我们是代孕公司,我们愿意免费为你提供代孕服务。联系电话……"

"看来,官司打赢了的消息,网上已经传开了。"曾律师说,"地下代孕业务都找上来了。"

"这不能信。我们得有点常识。代孕公司免费,图什么?要么是骗局,要么是借势炒作。"孙安好说。

"对。"钱其内、曾律师一致认同。

"等等,又来信息了。"赵一宫爸爸举着手机。

孙安好一看,又是代孕信息:"五十万,包成功。"

"现在,全社会都在关注咱们这件事。代孕在国内是违法的。咱们不能干违法的事。这一点要达成共识。"孙安好说。

四位老人望着孙安好,眉头又紧锁起来了。

"怎么办呢?"李丙运问,"难道拿回了胚胎,就让它一直冷冻着?"

"我想过这个问题了。"钱其内站起来说,"去国外找代孕。找一个允许代孕的国家,走正规渠道。"

钱其内对代孕肯定是有研究的。孙安好示意钱其内说具体一点。

"考虑到胚胎的运输,我建议就在亚洲附近找允许代孕的国家。老挝比较合适,我们可以从云南入境,到了老挝租车,直达代孕公司。这样避免了胚胎的运输问题。"

"胚胎运输会有什么问题?"孙安好搞不懂这个问题。

"如果到欧美找代孕,得坐飞机出境,那么胚胎装在液氮罐里,要出境,是需要提供胚胎父母的委托书、体检报告等材料的。现在胚胎父母的委托书怎么提供?人都不在了,没法提供。"曾律师回答了这个专业问题,"到老挝,液氮罐放在车里,出境入境容易一些。"

"哦。"孙安好、李丙运还有四位老人这才恍然大悟,同时意识到这项工作之复杂。

"到了老挝找到代孕妈妈,怀上后,我们再给代孕妈妈办理中国旅行签证,让孩子在中国出生。"钱其内继续说。

"这样好,这样好,我们可以多一点时间和代孕妈妈在一起,好照顾她。"赵一官的妈妈禁不住说起话来。

"钱先生,很多事情我们不懂,找代孕妈妈这件事我们想全权委托你来办,可以吗?"

"可以。我们和赵一官都有缘分,我们来帮助你。"钱其内没有半点推迟,也没提出半点条件。这让孙安好吃惊。钱其内,好人一个呐。

"送胚胎去老挝,我全程陪护。要遇上坏人,打架我还是有力气的。"李丙运站出来说。

大家笑了。

三周后,钱其内联系好了老挝方面的代孕公司,代孕公司开出的愿意接受胚胎的医院证明也拿到了。同时,钱其内、李丙运、赵一宫爸爸三人赴老挝的旅游签证也办下来了。

一切手续准备完毕。四位老人、两个法官、孙安好、钱其内、李丙运一行九人到了生殖中心。赵一宫的父亲提着一个暖瓶大小的液氮罐。

医生"王妈妈"亲自从一个冒着白雾、零下一百多度的大液氮罐里抽出一个玻璃导管。导管里是一团白雾。"胚胎就在白雾里。""王妈妈"轻声说了一句,然后迅速打开赵一宫爸爸手里的小液氮罐,导管放了进去。过程不过十秒钟。

"给。""王妈妈"把罐子交给赵一宫爸爸,"祝福你们,一切顺利。"

大家都感激地看着"王妈妈"。"王妈妈"挥挥手:"快去办你们的事吧。"

钱其内的两名司机、一台七座商务车,已经在医院楼下等着了。

下了楼,孙安好、赵一宫妈妈、赵一宫岳父岳母挥手送别钱其内、李丙运、赵一宫爸爸。赵一宫爸爸把胚胎罐子贴在肚子上,用安全带一起绑着。

"他们将从云南勐腊出境。"孙安好对三个老人说,"千里迢迢,希望他们一路平安。"

钱其内真够义气,在老挝整整待了二十天才返回国内。

当晚,赵一宫妈妈、岳父岳母三人在家里张罗了一大桌的饭菜,招待归来的钱其内、李丙运、赵一宫爸爸。孙安好、尤曦、子莱也过来了。

一坐下,李丙运哇哇说开了自己的第一次出国见闻:"老挝真是穷啊,首都万象只有两条主街道,走着走着又变成双向两车道,哎哟,还不如我们的县道。不过,老挝也真是有钱啊,一瓶啤酒花了我两万块。"

"两万块一瓶啤酒?"赵一宫妈妈惊讶道。

"是啊,也就十几块钱吧。"李丙运嘚瑟着。

"中国一块钱,在老挝可以换一千多块钱。"孙安好给赵一宫妈妈解释说。

赵一宫妈妈恍然大悟。

正事还是由钱其内发布："我们第三天到了老挝首都万象，找到了当地最大的代孕公司。他们公司和医院相邻，有点像医院的家属楼。因为是合法的，招牌挂得特别大。一进去，一排代孕妈妈由我们选，我们选了一个皮肤白一点、长得还不错的代孕妈妈，她二十六岁。名字叫苏什么来的？"

"名字叫苏伯潘，不对苏帕潘。长得确实挺好看的，我说的是在老挝人里面。"李丙运快言快语，接上话。

"对，苏帕潘。老挝人普遍都比较黑，她比较白，家庭条件不错。她为什么要做代孕妈妈呢？因为家里刚破产，她需要替父亲还债。总之条件不错，没有传染病、遗传病，子宫检查一切正常。"

"我们选代孕妈妈，代孕妈妈也选我们。一开始这个苏帕潘还有点不信任我们，担心我们大老远从中国来不靠谱。钱总当即支付十万元，咔，把她镇住了，立马签合同。"李丙运补充说。

钱其内继续："时间对得特别好，苏帕潘立即打针吃药，等于合同签了之后的第二天就做了移植，两个胚胎都放进去了。"

"然后我们就在老挝极其无聊地过了半个月。那个什么著名景点，'凯旋门'吧，咱们中国稍微大点的酒店大堂都比它壮观。吃个饭也是，动辄十几万，我们那几天花钱就一直在数着后面有几个零。"李丙运插播着老挝见闻。

"移植十四天后抽血验孕，怀上了，各项指数都特别好。另外，经过十几天和代孕妈妈的相处，我们也放心了。她毕竟出生自富裕家庭，还是很有教养的，在代孕中心也非常安静、听话。接下来，赵叔叔赵阿姨你们可以每月去一次老挝，看看代孕妈妈。基本情况就是这样，咱们都等待好消息吧。"

"胚胎移植后，本来我说我一个人留在老挝等结果的。但是钱总非得留下来，说三人要一起去一起回。"赵一宫爸爸握着茶杯说，"这次没有钱总亲自出马，事情成不了。"

四位老人都感激地看着钱其内。

孙安好补充说："钱总是大企业家，公司业务繁忙，这次一出去二十天，确实令人感动。"

"不都为了咱们'宫内好运'嘛！"钱其内说。

"对，为了我们的'四喜'。"李丙运说。

"说到'四喜'，我还得跟大家汇报一个情况，这也是我和赵叔叔在老挝达成的协议。"钱其内看了一眼赵一宫爸爸，说，"老挝代孕费用一共二十万元。这次去老挝，我拿了十万元。赵叔叔说要给我钱，我说不用，我想拿这十万元置换赵一宫生前的最后一张画《四喜》。大家觉得这主意如何，不错吧？"

大家都懂钱其内的良苦用心，纷纷附和："好主意。"

最后，孙安好觉得有一个观点一定要说出来，算是给事情定个性。为表郑重，孙安好站起来说："各位，我想做个总结，那就是我们这次帮助赵叔叔、阿姨们到国外找了正规的代孕，帮助四位老人完成了心中愿望，同时也帮助赵一官夫妇完成了生前愿望，但是，我们要有个共识，这一切是鉴于赵叔叔、阿姨他们是失独老人的背景，如果不是这种特殊情况，我们是不能拿着冷冻胚胎去国外找人代孕的！代孕，在咱们国家是违法的，咱们坚决不能干违法的事！不支持，也不鼓励！"

尤曦带头鼓掌："说得好！"

"孙老师总结得好，说出了我的心声！"钱其内朝孙安好跷起大拇指，"这是必须要有的共识。"

"必须的。必须做守法公民。"李丙运点着头。

四位老人的眼里噙着泪水。沉默了很久，赵一官岳父突然端起酒杯，说了一句："来，我们四位老人敬大家一杯。"

除了尤曦、子莱两个孕妇，一屋子人举起酒杯一饮而尽。此时，窗外"砰"的一声，原来是不远处的一个大型景区放起了烟花。斑斓的烟花把夜空划亮，尤曦转到窗前，用手机拍下最美一瞬。

第十一章

生活总是爱开玩笑

尤曦肚子已经隆起,伴随而来的是妊娠反应,头晕乏力、食欲不振,吃什么吐什么。多少次早上,孙安好刚蹲上马桶,硬是被尤曦"乓乓"敲开门。"让开!"尤曦下令。孙安好就这样被挤了出来,尤曦开始一阵"哇哇"大吐。孙安好正着急上班出门呢,提着个裤子守在门口,一脸窘迫。

有次吐得不行,尤曦拉开门说要去吃顿辣的,水煮牛肉。尤曦对千般阻挠的孙安好说:"没听说过那句话吗?酸儿辣女。我这么喜欢吃辣是有原因的,所以你也就别再阻拦了,你就等着得个温柔可爱的'小棉袄'吧!"孙安好反应及时,正色回复:"得了吧,以你现在这个状态,就算生了个女儿,那肯定也是一个女汉子!"

尤曦一屁股坐在沙发上,哭笑不得。

这样的糗事,一样发生在钱其内、子莱身上。子莱胚胎着床后,一路顺利,一超、二超结果都特别好。他们从生殖中心转移到产科后,好几次检查,都和孙安好、尤曦碰上了。

孙安好、钱其内,这两个曾经的"天涯沦落人",经历过无比尴尬的取精,经历过无比焦灼的胚胎移植等待,经历过提心吊胆的抽血验孕和一超、二超,经历过从希望、失望、近乎绝望、自我安慰、顺其自然、希望重现的过程。两人还经历过地下代孕,钱其内是当事人,孙安好是被委托人。这一切的一切,像一部老电影,无声回放着,突然"咔"停了。一个镜头拉回现实:孙安好、钱其内各自领着一个大肚子,在人群中、在人声鼎沸中,穿梭于挂号窗口、医生诊室、药房之间。那些惊心动魄的时光,仿佛离线的风筝,再怎么追也追不上了。偶尔再一抬头,天空白白,水洗了一样,空无一物。这就是所谓的人生经历吧。

所以,只要碰上了,孙安好、钱其内、尤曦、子莱四人都会小聚一下。有时候也会叫上李丙运。

大家这个时候的小聚,话题全是怀孕之后。桌面上占据话语权的，基本上是两个女人。女人爱吐槽，男人呵呵傻笑、接着。

"上周，钱总带我去郊区一个高尔夫酒店。那天中午午睡的时候，不知道为什么，酒店里居然有人放鞭炮。你猜怎么着？钱总立即拉起被子盖着我的肚子，嘴里面还念念有词'别怕别怕，我的小宝贝，爸爸保护你'。"这是子莱的话。

钱其内羞涩一笑。

尤曦也说起孙安好的糗事："孙老师喜欢摸我的肚子，宝宝不理他，他就直接用手轻轻压着肚子，然后抖动宝宝，一边抖还一边喊'地震啦地震啦'。有时他还会用脸贴着我肚子说'来，踢哥一脚'。"

大家一阵大笑。

孙安好只好捂脸："这是我堂堂一个大学老师干的事吗？尤总，你别诽谤我！"

两个女人又讲起胎教的话题。

子莱先说："第一次，我让钱总跟肚子里的宝宝聊天，他想了半天，脸憋通红，最后贴着肚子来了一句'初次见面，请多关照'。跟生意场应酬似的。"

大家又是一阵狂笑。

"第二天晚上，又让他跟宝宝说话，读首诗、讲个故事什么的。"子莱接着说,"结果,他就趴在我肚皮上,模仿大灰狼的腔调说:'小宝宝你快给我睡觉!不然我打你屁屁',这都什么胎教啊!"

该尤曦吐槽了。尤曦看了看孙安好说:"孙老师喜欢拿着一本童话书读故事,可是没读两句,他又用耳朵贴着我肚皮说'宝宝,你在干嘛呀?',然后摸摸肚子说'嗯,不要动了,睡觉吧'。如果哪天没动,他又很紧张,左敲敲右敲敲说'宝宝,你动一下呀'。"

大家笑得都快要岔气了。孙安好打着圆场说:"怀孕,是女人生命中最美的时刻。怀孕,也让男人成为世上最幸福的人!"

时间永不停步、从不歇息。尤曦紧张、繁琐、开心的怀孕时光终于走到了最后一周。嗯,预产期到了。父母、岳父岳母四位老人都来了,排兵布阵、分工协作,只等战斗打响。

果然,四位老人到齐那天晚上,尤曦肚子里的小宝贝待不住了。阵阵剧痛中,孙安好决定直接把尤曦送医院。车开出小区车库,天正好发亮。第一缕晨光,打在远方的高楼大厦上,打在树梢上,打在人车皆少的道路上。天蓝如洗,清风送爽,这是这个城市最安静也是最美的时刻。

"孩子马上要出生了,这是美好的一天。"孙安好喃喃自语。

二十分钟时间,到了医院,直接上了产科。值班医生安排好床位,护士开始给尤曦做检查。孙安好则楼上楼下办着手续。八点一刻,万事俱备,尤曦肚子里的宝宝准时发动,把尤曦折腾得汗如黄豆、滚滚而落。

医生跑过来瞅了一圈,轻轻说了一句:"要生了。"随后护士和推着平板车的护工来了。孙安好和老人们跟着平板车,进电梯、出电梯,最后被阻隔在手术室门口。

将近两个小时的等待。孙安好这时候最大的感受不是紧张,而是觉得时间好慢。四位老人在悠哉悠哉地聊着天,孙安好则不停看表。"这时间啊,你能不能走快一点、快一点。"孙安好边看表边说。尤其是看到手术室的门过一阵打开一次,然后护士大声喊着"某某的家属"——那是别人的妻子和孩子出来的时候,孙安好更是如坐针毡。尤曦是顺产,这是孕检的时候决定的。医生说尤曦的条件很好,可以顺产。"顺产意味着比剖腹产更花时间?"孙安好没有答案,只好再一次看表。

终于等到手术室的门再一次打开。

一个护工在前头拉着一辆平板车,一个护士在后面推着。

"尤曦的家属!"护士大喊。

"这里!"孙安好冲了过去。

"女孩,一个。"护士说。

看到了尤曦。一缕头发贴在她脑门上。那是汗水打湿的头发。

看到了尤曦腋下的宝宝。小家伙似乎累着了,睡得正起劲。

孙安好接过护士的手,推动平板车。进了电梯,孙安好走到平板车一侧,把尤曦头上粘着的头发撩开,摸了摸尤曦的脸。尤曦和孙安好相视一笑,话都在眼神里说了。

尤曦回到病房后,岳母突然想起宝宝的小被子忘了从家里带过来。孙安好赶紧开车回家。车开上路,很久之后,孙安好突然大叫一声:"呜——"一声不够,两声;两声不够,三声。叫完,孙安好觉得浑身好轻松啊,随即不知怎的,两行泪水悄然滑落。

孙安好嘲笑着自己:"神经病。"

那段时间,"宫内好运"微信群里真是喜事不断。

孙安好报完喜没多久,钱其内报喜了:"喜得犬子,六斤六两。"

接着没多久,更大的一个惊喜,也是钱其内报的,但喜是赵一官先生的:"老挝代孕妈妈成功生下双胞胎,一男一女,身体非常健康。"

孙安好、李丙运不约而同回复三个字:"太好了!"

为了庆祝赵一官的事,钱其内、孙安好、李丙运还聚了一次。

那天一进入包房,孙安好就感受到了钱其内作为一个商人的细心。他在桌子上摆了四套碗筷。无疑,他给赵一官先生加了一个位置。

孙安好很感慨:"我们四人本素不相识,因为生孩子,因为去生殖中心取精,因为四个人的名字排在一起,因为四个人的名字的最后一个字连起来是一句吉利话'官内好运',我们认识了,建了微信群,还成了朋友。"

"缘分,缘分,都是缘分。"李丙运说,"我们不但认识了,孙老师孙大教授你还是我的恩人,没有你,我老婆跳楼了,孩子也没有了,一切不堪设想。"

"是啊,都是缘分,人和人就讲缘分,我们和孩子也是缘分。"钱其内说,"你看,赵一官先生跟孩子也是有缘分,他人都在另外一个世界了,但孩子该来还是会来。这不是缘分是什么?"

"赵一官和孩子的缘分,多亏了你。"孙安好对钱其内说。

"不能这么说。咱们帮四位老人,最后能帮上、帮成功,我们的努力只是一方面,更重要的是天时地利。"钱其内说,"你知道吗?就在代孕妈妈生下赵一官的孩子没几天,老挝就宣布,他们国家也不允许商业代孕了。你说,这是不是缘分,这是不是天时地利?"

"缘分,缘分,都是缘分。"李丙运唏嘘。

"别说了,为我们的缘分干杯,同时我们祝贺赵一官先生,一下得了双胞胎。"

三人举杯,逐一跟"赵一官"的酒杯碰杯。

大家重复说着:"赵一官先生,祝贺。"

有一种生活叫"有了娃之后"。睡觉变"碎觉",每天睡眠不足五小时,记忆力还蹭蹭往下掉;逛街先逛母婴,网购先看妇幼;晚上再也别想出去喝酒了,白天再也别想清闲了,连吃饭都像打仗,两人还得轮着来;一天二十四小时,唯有洗澡的那一刻是放松的,是属于自己的。哦,也不,洗澡的时候还要提防孩子拍门找妈!

有天晚上,尤曦给女儿换尿布,尤曦叨叨着:"老娘我真后悔生这个麻烦精,我要把你塞回肚子里,图个清静。"

孙安好笑了:"请问,要找帮手吗?"

尤曦一脚大力踹得孙安好差点溜到床下。

刚满一岁的女儿,那晚似乎听懂了她妈妈的牢骚,尿布换完后呼呼睡去,泡好的奶也不喝了。

孙安好起身去拉窗帘,窗外不远处星光点点、霓虹闪闪,像童话里的城堡。那是小区附近新建的、类似于迪斯尼乐园的超大型游乐场,刚刚开业。

"尤曦,过来看。"孙安好叫过来尤曦。

尤曦也被窗外近在眼前的奇幻光影迷住了。她伫立在窗口,享受着片刻的安宁。

产后的尤曦,丰腴了一些。孙安好看到尤曦出神的表情,禁不住走过去抱着。尤曦任孙安好抱着,光着的脚丫还踩在孙安好脚上。"如果来段音乐,我跟你跳个华尔兹。"孙安好不知道哪里来的柔情,轻轻地说,"孩子她妈,你辛苦了。"

"来呀。要音乐还不简单。"尤曦打开手机,一搜,音符流出,那是经典的《蓝色多瑙河圆舞曲》。

嘿,尤曦还换上了一条大红丝绸长裙,踮起光着的脚,转着圈走来。

丝滑细腻的音符,轻轻地流淌在卧室里。孙安好抱着尤曦，前面几步还跳得像模像样，紧接着就散了架，节奏乱了。跳舞是很需要精神的，尤其是交谊舞。两人索性放弃了。尤曦再次光脚踩在孙安好的光脚背上，细碎地移动着、摇曳着。这是恋人之间最浪漫的表达，想不到却发生在夫妻多年的孙安好、尤曦身上。

曲子终于停止。尤曦把女儿放到小床上，掖好被子，罩好纱帘。尤曦没有睡去的意思，反而去酒柜里取了一支红酒。手里拿着酒瓶和高脚杯的尤曦，进到卧室，使着眼色说："想不到你还挺会跳舞的嘛？大学时代泡到女生没有？"

孙安好接过酒杯，品着微凉的红酒，感觉好极了。酒后的尤曦脸颊发红。丝绸红裙衬托着她的性感和成熟。那是一种更加迷人的女人味。

孙安好和尤曦都动了色心，心底的欲望上了膛。两人搂着上床，在熟悉之中，不慌不忙，把美好之事推向极致、推向终点。两人从未有过的耐心和细致，在安静的夜里发挥得滴水不漏和淋漓尽致。

"以后要多跳舞，看来。"事毕，孙安好打趣着。

这时候，女儿醒了，咿呀起来。尤曦嘟囔了一句："看吧，把你宝贝吵醒了。"

生活总是出人意料，生活总是爱开玩笑。

半个多月后,一个晚上,孙安好正要睡着,尤曦贴过来说:"奇怪,例假该到了,怎么一直没来?"

"看你带孩子还要工作太辛苦了,'大姨妈'照顾你一下,推迟几天。"孙安好随便应付了一句。

"不对,我都很准时的。"尤曦说得认真。

"难道你怀孕了?"孙安好又是随口一说,"睡了。"

第二天一早,孙安好被尤曦摇醒:"喂,貌似我怀孕了。"

孙安好一个翻身:"啊?"

出现在孙安好眼前的是尤曦举着的验孕棒。嘀,久违的验孕棒!

孙安好拿过验孕棒一看,粉色红杠!

"我推算了一下。跳舞那天晚上就是'危险期'。"尤曦拿来床头的日历,"我倒推给你看。"

"唉!"孙安好长叹之后倒在床上,两句不搭的诗脱口而出,"无心插柳柳成荫,得来全不费功夫。"

"你这感叹啥意思?开心还是不开心?"尤曦问。

"当然是开心!"孙安好坐起来,"开心"二字说得高亢嘹亮。

"这回,你希望是儿子,还是女儿?"尤曦又问。

"都可以。但是这回应该是儿子。"

"为什么？"

"你还记得留云寺那次奇妙经历吗？留云寺封路，两个孩子带我们上山。连在留云寺扫了二十年地的工作人员都觉得奇怪。"

"记得。"

"你还记得，你决定第三次做'试管'前，菜市场一个名字叫'妞妞'的小女孩——还长得特别像你——突然抱着你吗？"

"记得。"

"你自己还问这是不是上天的暗示。"

"你那时候说'不知道'。"

"我现在觉得是。菜市场出现的小女孩，暗示我们马上要到来的是一个女孩。留云寺那两个孩子，一男一女，暗示我们这辈子会有一男一女两个孩子。"

"纯属瞎掰，神神道道的。"

"是你让我说的。"孙安好说，"我们还是去医院验血确定一下，我是科学实证主义者。"

两人一早去了市民中心医院验血。报告单准确无误地宣告：尤曦怀孕了。

巧得很，就在两人走出电梯、要上门诊三楼产科时，碰到了生殖中心的王医生"王妈妈"。

孙安好给"王妈妈"看报告单:"莫名其妙,居然自然怀上了。"

"王妈妈"连连道喜。她的助手招呼着"王妈妈"赶紧进电梯。

孙安好心里有一个巨大的疑团要解开。他硬是把"王妈妈"从电梯里拽了出来:"有个问题,必须请教您。"

"王妈妈"走出电梯:"啥问题?"

孙安好低声说:"之前,折腾几年都没怀上,为什么这次却轻轻松松怀上了?身体还是那个身体,精子还是那个精子,卵子还是那个卵子,这到底是为什么?"

"王妈妈"笑了,然后说:"为什么很多夫妻身体都没问题,但就是怀不上。因为夫妻双方的心理压力、精神紧张会影响女性的月经,会影响输卵管的蠕动,会影响子宫内膜的容受性,等等,进而导致不孕不育。"

"能不能大白话一点?"孙安好追问。

"大白话就是心理压力会导致精子和卵子不能完美碰上,甚至碰不上。""王妈妈"说,"再大白话一点就是,每个父母和孩子都是有缘分的,不是孩子不到,是缘分未到。怎么办?积极主动,相信医学,耐心等待,然后最重要一点,你知道的——"

"王妈妈"等着孙安好回答。

孙安好说:"放轻松。"

"对了。""王妈妈"走了。

那边,尤曦正在排队、等待叫号。接下来,孙安好、尤曦要重复一年前的事情:产科建档、定期孕检,然后等待新的生命在某个神秘时刻,一声啼哭,降临世界。

图书在版编目（CIP）数据

有喜/ 钟二毛著. -- 上海：上海文艺出版社,2022
ISBN 978-7-5321-8163-6
Ⅰ.①有… Ⅱ.①钟… Ⅲ.①长篇小说－中国－当代
Ⅳ.①I247.5
中国版本图书馆CIP数据核字(2021)第214772号

发 行 人：毕　胜
策　　划：李伟长
责任编辑：解文佳
特约编辑：于　晨
营销编辑：张怡宁
装帧设计：钱　祯

书　　名：有　喜
作　　者：钟二毛
出　　版：上海世纪出版集团　上海文艺出版社
地　　址：上海市闵行区号景路159弄A座2楼　201101
发　　行：上海文艺出版社发行中心
　　　　　上海市闵行区号景路159弄A座2楼206室　201101　www.ewen.co
印　　刷：上海盛通时代印刷有限公司
开　　本：890×1240　1/32
印　　张：9.625
插　　页：2
字　　数：160,000
印　　次：2022年9月第1版 2022年9月第1次印刷
Ｉ Ｓ Ｂ Ｎ：978-7-5321-8163-6/I.6458
定　　价：58.00元
告读者：如发现本书有质量问题请与印刷厂质量科联系　T:021-37910000